魔豆

魔豆

MASTER IS BUSY
門主很忙
卷六〔完〕
香草——著

門主很忙
人物介紹
麥冬
門主大人的寵物白松鼠，本系列吉祥物（？），移動速度極快。
方悅兒
十六歲軟萌的姑娘。玄天門門主，文不成武不就。眼睛彷彿未語先笑般，讓人很有好感。

林靖
二十二歲。
武林盟主之子，正直爽朗的青年。
梅煜
二十四歲。
白梅山莊備受冷落的庶子，溫和有禮，彷彿永遠不會生氣。
段雲飛
二十歲的俊美青年。
曾為魔教中人，性格亦正亦邪，活得灑脫自在。

門主很忙

卷六〔完〕

目錄

楔子

明劍派是江湖中數一數二的大門派，其掌門易劍鋒痴迷劍術，就連曾爲武林第一的方毅也說過，單以劍術而言，他也不是易劍鋒的對手。

然而這位天賦令人驚艷的劍術天才，自從他最寄予厚望的大弟子秦承耀失蹤以後，劍術便一直停滯不前。

秦承耀是名棄嬰，身上除了一個寫了「秦」字的木牌外，便再也沒有其他的憑證，被易劍鋒撿到後由他撫養長大。

易劍鋒一直未娶妻，除了鑽研劍法，所有心力便放在教導秦承耀之上。兩人與其說是師徒，倒不如說更像父子。光是看易劍鋒爲秦承耀取了「承耀」二字爲名，便可知他對這名大弟子有著多大的期望。

秦承耀早已是明劍派公認的下任掌門，由此可見當他失蹤時，在明劍派引起多大的騷動不安，對易劍鋒又是怎樣的打擊。

自從秦承耀失蹤後，易劍鋒便產生了心魔，從此修練停滯不前，多次閉關也無所獲。

這一次已經是他不知第幾次的閉關了，然而無論是劍法還是內功的修練，卻依然不理想。易劍鋒嘆了口氣，離開修練的石室，立即便看到守在石室前等待著自己的弟子。

「掌門！有大師兄的消息了！」弟子興高采烈地拿著一張信紙，不忘恭敬地雙手遞上給易劍鋒。

「什麼？找到承耀了？」饒是易劍鋒再淡定，也被這突如其來的好消息砸得愣住了。

看到弟子聞言興奮地點著頭，確認了剛剛自己沒有聽錯後，易劍鋒也露出了狂喜的神情，甚至接過信紙時手還有些發抖。

信是方悅兒等人發給明劍派的，除了簡單交代秦承耀的事，更說明了蘇志強叛逃一事。

易劍鋒才因秦承耀的事又驚又喜，看到後面卻再次驚到。然而讓他驚訝的還不只這些，等在一旁的弟子待易劍鋒消化了信中內容後，便道：「江湖上現在都在傳言，當年那個在林家被蒙面人用魔功擊殺的孩子並沒有死，段雲飛就是那個孩子。而他之所以還能活著，而且年紀輕輕便練出一身驚人武功，是因爲林盟主爲了保住他的性命，將泫冰心法交給他修練了。」

易劍鋒聞言心裡一驚，又聽那名弟子說道：「現在這件事已鬧得人盡皆知，大家都說林盟主這事做得不厚道。當年他可是當著大家的面燒燬泫冰心法的祕笈，如果段雲飛修練的武功眞是泫冰心法，那林盟主豈不是耍了所有人嗎？有些門派還提出讓段雲飛交出泫冰心法，作爲林家欺騙武林同道的賠罪呢！」

聽到弟子的話，易劍鋒不禁冷笑道：「那些人的如意算盤打得還眞響。難道他們眞以爲林家是軟柿子，任他們予取予求嗎？」

弟子聞言有些不解：「可當年林家不是被逼得只能妥協，才當眾將泫冰心法燒燬以絕後患嗎？」

易劍鋒耐心向那名弟子解惑：「今時不同往日，林靖當年年紀尚小，是林家最大的弱點。可現在林家三人的武功都不弱，林盟主不用說，他是武林中公認的頂尖高手。林夫人是他的師妹，別看她這些年已不在江湖上行走，可是武功絕對在一流高手之列。至於林靖，他更是從被保護的角色變成了保護家族的人。年幼的他是林家的負擔，可現在，卻已成長爲能肩負起林家的狠角色。自從他武藝略有小成，林盟主便開始放權讓他打理盟主的事務。表面上是林盟主要閉關修練，可卻是懷著磨練林靖的意思吧，盟主大概自己也看出來了，林靖的才幹與性格比他更適合坐上盟主之位。」

弟子瞪大眼睛，不贊同地說道：「怎會！誰都知道林盟主武功高強，林靖的武功雖然也不錯，但也只是在同齡人之中尚佳，在各前輩面前他還是差了些。」

易劍鋒笑道：「當武林盟主，不是說武功高強就可以的。林盟主的武功很好，人也很和善，是個很有個人魅力的首領。可他太老實也太固執，江湖中不乏三教九流之人，有時會做一些見不得光的生意。在林盟主當權的時候，他對這些事深痛惡絕，多次下手整頓，不少門派都覺得太過了。畢竟有錢不賺，誰願意？當時不少門派對此有所微言，要是事情一直醞釀下去，說不定哪天便會爆發出來。倒是自從林靖接手盟主的工作後，對這些事張弛有度，可比只懂練功的林盟主幹得好多了。林靖這位年輕人，可不簡單呢！」

說罷，易劍鋒便言歸正傳：「這麼仔細想來，林家沒一人是好惹的。要是那些人仍然覺得林家是當年的軟柿子，只怕林家會好好教他們怎樣做人了。而且別忘了，這件事還涉及一個段雲飛呢！這段雲飛曾是魔教副教主，爲人亦正亦邪而且武功高強，可不會像林家那樣給那些門派顏面。」

那弟子聽完易劍鋒的話，想了想也覺得對：「我還想著林靖有份幫忙找回大師兄，這次我們明劍派幫林家說些好話，權當還回這個恩情就好。現在聽掌門你這麼分析下來，似乎都沒有我們明劍派什麼事了。」

易劍鋒聽到弟子的話，神情不禁柔和下來。沒有被泫冰心法的消息沖昏頭腦，還記著林家對玄天門的恩情，這很好。

就在此時，又一名弟子急匆匆地走來。遠遠看到易劍鋒後，那名弟子驚喜地說道：「掌門，你出關了!?太好啦！出大事情了！」

才剛出關便經歷「失蹤的徒弟被尋回」、「蘇志強叛離白道」、「段雲飛修練了泫冰心法」、「眾門派被林易光所欺騙」等一眾重磅消息所轟炸，易劍鋒覺得現在無論是什麼消息，他也不會被動搖了。

看著小跑過來的弟子，易劍鋒皺起了眉頭低斥：「慌慌張張成什麼體統？說吧，又發生了什麼事？」

弟子將手中的請柬遞給易劍鋒，邊道：「林盟主召開武林大會！」

本以為什麼消息都無法動搖自己的易劍鋒，聞言卻是止不住驚訝：「什麼!?」

林家竟然選擇在這種身處風尖浪口的時候召開武林大會！

是因為蘇志強的叛逃嗎？

還是為了對泫冰心法的事做一個交代？

無論是哪個，易劍鋒有預感，這場武林大會只怕並不簡單。

一、宛家老宅

在一眾門派陸續收到武林大會的請柬、並爲此有著諸多猜測之際，方悅兒等人正在籌備著武林大會的事情。

而他們這次舉行大會的地點，正是荒廢了多年的宛家舊宅。

至於爲什麼會選擇這個地方作爲武林大會的場地，這便要從風樓主前往林家後，告知了他們蘇志強躲藏的地點說起。

一開始方悅兒等人還反應不過來，原來風樓主口中蘇志強與魔教餘孽的藏身之處青雲山，就在白梅山莊的領地之內。

位處翠霞古城的白梅山莊有著一大片梅林，梅林背靠青雲山，而魔教的根據地就在山腳處，正屬於白梅山莊的領地。

聽到這個消息時，所有人全都驚呆了。

尤其是身爲白梅山莊準莊主的梅煜，震驚程度簡直突破天際，整個人都沒了表情、臉上一片空白！

方悅兒看著梅煜放空目死的模樣，完全能夠感受到那空白的表情下，各種複雜的心理活動……

無論是誰，在離家後發現自己家忽然成了魔教餘孽的大本營，大概也會變得像梅煜那副見了鬼的模樣吧？

如果不是方悅兒知道風樓主的身分，了解聽風樓的本事，從而確定這消息的準確性，只怕第一時間會質疑對方是不是弄錯了。

甚至方悅兒還想過，對方是不是與他們開玩笑，這情報只是在耍他們……只是看到風樓主嚴肅的模樣，他們不得不接受這個令人難以置信的事實。

方悅兒看了看蘇沐華，再看了看梅煜，心想這對好友一個的爹成了白道叛徒，一個家裡成了魔教的新據點，眞是一對難兄難弟啊……

出了這種事，白梅山莊只怕與蘇沐華一樣難以擺脫嫌疑了。

雖說白梅山莊地產廣闊，可是魔教那麼多人待在那，不說別的，這麼多張嘴總要吃東西吧？總要用柴吧？說沒有人爲他們打掩護，就連梅煜自己也不信。

然而梅煜還是感到無法置信：「不可能啊，我離開山莊的時候還沒有異樣……到底是誰……」

說到這裡，梅煜瞬間想起了一個留在山莊裡，以身分地位來說比他還要高的人：「難道是兄長!?」

方悅兒聞言愣了愣：「梅長暉？」

梅長暉已經是個廢人，因此所有人一時間都沒有想到他。只是經梅煜一提，眾人也想到梅長暉是柳氏之子，而柳氏又是蘇志強叛逃時唯一帶走的人……

這麼想來，還眞的很有可能就是他！

梅長暉雖然已無法繼承莊主之位，但他身爲梅莊主的嫡長子，比梅煜更加名正言順。即使最終梅煜成功上位，但他仍須給予梅長暉應有的尊重，因此梅長暉在白梅山莊的地位依舊超然。

要是梅長暉趁著梅煜離開山莊之際，讓魔教餘孽躲藏在山莊裡，那也不是沒有可能。

至於梅長暉是如何與魔教勾搭上，白梅山莊的弟子又爲什麼沒有阻止，這些細節就只能待他們到達後才能查探了。

而現在，想辦法擊敗魔教才是最重要的！

知道魔教餘孽的根據地後，眾人便決定藉著這次的機會將他們一網打盡。爲了方便行事，最好選擇一處離白梅山莊較近的地點來舉行武林大會。

方悅兒立即便想到了宛家老宅。

當年宛家的人死的死、走的走，大宅便荒廢了。因爲那大宅是宛清茹從小長大的地方，方毅便想辦法將那裡買了下來。然而卻又因宛清茹的死與宛家有關，方毅痛恨此地，因此把大宅買下後，便一直丟棄著不聞不問，任其荒廢。

宛家曾是當地有名的大戶人家，地方夠大，能夠容納不少人，加上大宅鄰近青雲山，於是大家討論舉辦大會的地點時，方悅兒立即便想起了這裡。

反正宛家老宅空著也是空著，倒不如物盡其用好了。

在各大門派陸續收到武林大會請帖的同時，方悅兒等人也出發前往宛家老宅。

不知是不是蘇志強被段雲飛重創的關係，又或者蘇志強叛變一事已經通了天，實在不方便他繼續明目張膽地行動，前往宛家老宅的一路上，再也沒有不長眼的人去找方悅兒他們的麻煩。與眾人從蘇家前往林家時經常遇上殺手的情況相比，實在是天與地的差距。

從林家前往宛家老宅途中，會途經方悅兒與段雲飛初次相遇的煙雨城。方悅兒也是在這座城鎮遇上許冷月，還救了被蒙面人追殺的蘇沐華與梅煜。可以說，這裡是方悅兒一連串冒險的開端。

段雲飛也想起了初次與方悅兒見面的情景，當時他還對少女有著不太好的印象，覺得她是空有些小聰明卻不上進、依靠父蔭混日子的武二代。

而現在，這少女卻成爲他的戀人，成了他最珍貴的珍寶。

方悅兒心有靈犀似地回首看了段雲飛一眼，兩人很有默契地相視一笑。

「……」身邊的人都有種被硬塞了一口狗糧的感覺。

蘇沐華假咳了聲，問：「我們是在這裡休息一天，還是直接離開煙雨城前往宛家？」

雲卓道：「現在天色尚早，只要走快一些，趕得及在天黑前抵達宛家，還是繼續前進吧。」

眾人點了點頭，對此並沒有異議。

煙雨城與宛家所在的翠霞古城之間隔了一座山，分隔兩座城鎮的山坡，正是先前梅長暉遇襲受傷、後來被方悅兒等人發現的地方。

這座山坡所處的位置很有意思，它正好處於宛家、煙雨城與白梅山莊的中間，三處地方呈品字形包圍著這座山坡。山坡並不高，路也不算難走，就是有不少野獸出沒，因此只有有著自保能力的武者，才會選擇走這條捷徑。

重臨舊地，蘇沐華指了指一棵仍帶著劍痕的杉木，感嘆道：「記得當時我就是在這裡與梅公子遇上了蒙面人的襲擊。幸好梅大哥及時趕來，不然我只怕凶多吉少了。」

方悅兒聞言，也回憶起當初他們一起上山尋找梅長暉，並且遇上蒙面人襲擊時的驚險。

突然，少女像是想到了什麼似的，一雙杏眼無法置信地瞪大，隨即她向身旁的香橼確認道：「香橼，算上我們先前前往白梅山莊時所走的路，我們快要將這座山坡走一遍了吧？」

香橼有些弄不明白自家門主在激動什麼，不過還是認真地想了想，隨即回答道：「對呢。這座山並不大，只要我們走完前往宛家的那段路，基本上已經把這裡走過一遍了。」

四名侍女之中，香櫞的性格最爲溫婉，說話也是溫溫柔柔的。然而少女這輕柔的嗓音就像驚雷一樣，讓方悅兒心慌意亂起來。

幾名侍女對望了一眼，半夏詢問：「門主大人，有什麼不對嗎？」

方悅兒喃喃自語道：「不對不對！太不對了！」

說罷，方悅兒轉向一臉莫名、看著她發神經的侍女們，正起了臉嚴肅地要求：「這件事我還要再想想，剛剛我們的對話別告訴別人。」

雖然眾侍女對方悅兒突然一驚一乍的模樣很好奇，不過回想方悅兒與香櫞的對話卻又猜不出所以然。

既然門主大人要求這番對話別告訴他人，不管出於什麼原因，她們照著辦就是了。

❀

相較於上一次在山坡上救人的驚心動魄，這次眾人很順利地越過了山坡，到達宛家與白梅山莊所在的翠霞古城。

雖然宛家老宅因閒置多年已變得非常殘舊，但主建築依然穩固，只要修葺一下便不會有太大問題。

畢竟他們這次舉行武林大會的目的，是召集人馬攻打躲藏在青雲山腳的蘇志強及魔教餘孽。

正所謂兵貴神速，他們主要是提供一個集合眾門派的場地，待眾人齊集後，便立即攻上白梅山莊，並不會在宛家久待。

在方悅兒等人到來之前，玄天門已派人到老宅進行整修。眾人到達時，不少房間已被簡單整理好，可以讓大家好好休息一番。

雖然眾人很想盡快解決魔教，然而事情卻是急不來的。畢竟要顧及一些位處較偏遠的門派，因此武林大會定在四月份召開。

這段時間他們一直關注著白梅山莊的動靜，也許因爲蘇志強重傷未癒，魔教的人一直龜縮在青雲山腳未出去禍害別人，也暫時沒表現出想要挪窩的意思。

方悅兒是知道宛家成了玄天門的產業沒錯，不過她還是初次踏足這棟老宅。與方毅一樣，方悅兒對宛家沒有什麼好感，因此看到這門庭敗落的老宅時並沒有太大的感嘆，倒是對於自家娘親曾在這座老裡所留下的痕跡非常感興趣。

來到宛宅後，少女便像隻好奇的小動物般到處亂晃，最常去的便是宛清茹當年的閨房。這裡也是方毅多年來唯一有派人定期打掃、宛宅最爲整潔之處。

宛清茹的房間仍維持著她離開時的模樣，物件雖然因年月久遠顯得有些殘舊，卻算是保存得不錯。而且房間裡乾乾淨淨的，不像其他地方布滿灰塵與蜘蛛網，得打掃過後才能使用。

方悅兒想要好好保存這個房間，因此誰也不給睡進去，就連她自己也是住在其他房。不過她在宛家居住期間，一有時間便會往宛清茹的房間跑。

從房裡擺設來看，宛清茹果不愧爲書香世家的千金，琴棋書畫樣樣精通。房間存有不少她的墨寶，還有部分她所謄寫的書籍。

方悅兒翻了翻那些書，其中有些字跡較爲稚嫩，顯然宛清茹從小便有謄書的習慣。也難怪她即使出嫁後，仍然改不了這個興趣。

有趣的是，宛清茹謄書的興趣如此文雅，當中卻有大半都是被文人稱爲野路子的雜記與遊記。也許爲免被家人責罵，她還在這些書的封面寫上非常高端大氣上檔次的書名。顯然這位文雅的大小姐在溫婉的外表下，還藏著一顆鬧騰的心。

也難怪她會對身爲武林中人的方毅一見鍾情、非君不嫁了。

雖然方悅兒對琴棋書畫完全沒興趣，但宛清茹謄寫的這些雜書無疑很合門主大人的口味。現在打掃、布置場地等事務有弟子們處理，商議大事上有堂主們代勞，方悅兒乾脆足不出戶地窩起來看書了。

這一天，方悅兒再次進入宛清茹的房間找書看，卻在挑選書時，一件卡在書冊之間的東西因翻找而掉了出來。

「嗯？這是什麼……匕首？娘親的房裡怎麼藏著一把匕首？防身用的嗎？」方悅兒被突然掉出來的東西嚇了一跳，彎腰撿起來，才發現卡在書架裡的是一把不起眼的匕首。

方悅兒將匕首拿在手中把玩，順手從刀鞘取出匕首。只見外表不起眼的匕首，刀鋒竟意外銳利，散發著陣陣寒光。

少女漫不經心的神情，在看到匕首那鋒芒逼人的外觀時神色一凜，努力思索著：「這匕首怎麼如此地似曾相識？我應該有見過類似的匕首……到底是在哪看到的呢？」

苦思良久，方悅兒靈光一閃，終於驚覺這匕首的熟悉感從何而來了！

想到答案後，她如遭雷擊，拿著匕首轉身便往外跑去。

當風樓主看到少女一臉凝重地跑來時，他挑了挑眉，向喘吁吁的方悅兒笑道：「方門主是來找我嗎？雖然美人主動來找，令我受寵若驚，不過讓妳如此勞累我會很心疼的，下次讓人喚我過去就好。」

一番客氣話出自風樓主的口，瞬間便充滿了撩人之意。再加上對方的男性裝扮俊美非常，即使方悅兒見慣了美男子，還是忍不住因這番話紅了臉。

可是，少女很快又想起，眼前的人到底是男是女還不知道呢……

心情有點複雜。

風樓主身旁的林靖沒好氣地說道：「阿風，你可收斂一些，小心段公子找你比武。」

原本一副風流樣、打算再接再厲的風樓主，聞言臉上的笑意僵了下，隨即揶揄道：「阿靖你是嫉妒了嗎？沒關係，我最愛的還是你。」

猝不及防地吃了一口狗糧，而且對方還是兩個男的，方悅兒覺得……有些賞心悅目？

畢竟風樓主與林靖兩人相處太融洽，又都是氣質出眾之輩，「打情罵俏」起來並不讓人反感，甚至還覺得他們在一起很養眼。

方悅兒驚訝於自己的想法，心想自己果然被風樓主時男時女的身分弄昏了吧!?

林靖已經很習慣風樓主的調戲，不僅神態自若，還帶著些寵溺且一副「你說我嫉妒便是嫉妒吧」的模樣。

面對林靖縱容的態度，風樓主卻反而沒轍了。他就是喜歡看別人被自己調戲時的慌張樣，林靖這麼冷靜他反倒進行不下去。

至於調戲方悅兒……風樓主經林靖提醒後，還真有點擔心會因此惹怒了段雲飛，對方會把自己往狠裡揍。

於是風樓主收斂起略帶輕浮的神情，與少女說起了正事：「方門主急匆匆地跑來，是有什麼事嗎？」

方悅兒這才想起自己不久前的發現，不得不說，風樓主的調戲竟成功讓她把如此重要的事拋諸腦後，這男人實在太魔性了！

林靖見兩人說起正事，便很識趣地告辭。

方悅兒見狀並未挽留，因爲接下來要談的事，她還在猶豫是否該讓林靖知道。既然林靖主動離開，方悅兒也就不糾結了，順勢而爲就是。

待林靖離開後，少女便拿出匕首，問：「風樓主，這把匕首是在我娘親的房間裡發現的，你能否幫忙查一下它的來歷？」

風樓主接過方悅兒手中的匕首，把玩了一會兒後詢問：「方門主是在房間的哪兒找到這匕首？」

方悅兒如實相告：「在書櫃中發現的。它被夾在兩本書冊的中間。」

風樓主對這匕首的作用，多少已有些猜測。但在事情還未確定前，他並沒有多說什麼，只是頷首應允了方悅兒的請求。

方悅兒道謝之後，更向風樓主要求道：「這件事還請不要告訴別人喔！」
雖然不知方悅兒爲何神祕兮兮，不過他還是向少女保證，絕不告訴他人此事。
風樓主已大概知道這匕首的來歷，再加上這種匕首在書香世家其實很常見，不是什麼密物，甚至不少人還以此爲榮，因此花不了多少工夫便證實了他的想法。
文人世家非常看重名聲，對女子尤其苛刻。很多出生於這類家族的女子，及笄時家裡都會給她們一把匕首，名義上是作爲防身之用。但實際上家裡人都會教導她們，遇上歹徒時別給對方有輕薄自己的機會，用匕首自盡也總好過被人佔便宜。
因此有不少書香世家的大小姐，在遇上失貞的危險時都會立即用此匕首自盡。
畢竟世家非常重視女子的名節，即使眞能逃過一劫，但遇上這種事無論最終有無獲救，名聲必定是已盡毀，即使保住貞操也會落得比死更難受的下場，甚至還會累及家中其他姊妹。既然如此，倒不如狠下心自盡，還能落得個剛烈貞潔的美名。
風樓主對這思想嗤之以鼻。遇上危險不用匕首反擊敵人，反而用來傷害自己？這算什麼英雄好漢……好吧，那些嬌滴滴的大小姐也的確不是英雄好漢就是了。

總而言之，這種思想一直束縛著女性，讓她們自願爲保護貞節與名聲而付出性命。

相較於這些書香世家的小姐，農村婦女雖不如她們衣食無憂，可是卻擁有較多的自由，甚至丈夫死後這些婦女還可以選擇再嫁。

如此相較起來，也不知誰比較幸運，只能說各人有各自的緣法了。

而宛清茹生長的宛家，正是這麼個將女子名聲看得很重的家族。因此宛家姊妹各擁有一把匕首。聽說，這兩把匕首還是先輩流傳下來的珍貴之物，而方悅兒在宛清茹閨房中找到的，正是其中一把。

當年宛家視這件事爲榮耀，作爲他們重視女子名聲的證明，因此聽風樓的人只要稍作打聽，不難探聽到這匕首的用途。

宛清茹雖然在這種環境長大，可她是個有主見且外柔內剛的女性，即便在家族的教導下一直循規蹈矩地成長，但心裡對很多守舊及約束女性的想法，其實很不以爲然。

與方毅相戀、並毅然決定跟隨對方離開，去追求自己的幸福後，宛清茹便將那把隨身帶了數年的匕首留在宛家。結果多年後，被她的女兒方悅兒發現。

「這樣啊……」方悅兒聽完風樓主的報告，嘆息了聲後便沒再說什麼。風樓主不知道少女爲什麼要打聽匕首的事，先前他還以爲這匕首有什麼特別之處，但實際上卻只是比一般匕首鋒利而已。

最終風樓主將原因歸於方悅兒對亡母的好奇，尤其在亡母閨房找到一把與千金小姐格格不入的匕首，難免會感到疑惑。

「阿風！剛剛傳來了消息……」就在方悅兒若有所思地打量手中匕首時，卻見林靖興沖沖地走來。

過來找風樓主的林靖，見方悅兒也在場，立即向少女招了招手：「原來方門主也在這裡，那也請一起過來吧！剛剛傳來消息，找到被擄走的許姑娘了！」

二、打擂台

方悅兒聞言，頓時因林靖帶來的消息吃驚萬分。

雖然沒有證據證實凶手的身分，可是大家都認爲擄走許冷月的就是魔教的人，而方悅兒也是這麼想的。

當時他們並非不想救人，但難得查探到魔教的根據地，眾人不想太快打草驚蛇。既然對方選擇擄走許冷月而非滅口，代表許冷月對他們有用處，應該暫時沒有性命之虞。

因此方悅兒一直以爲至少要到攻打魔教時，才有可能找到被擄走的許冷月。

誰知他們還未有任何行動，許冷月便已自己逃出來了！

不過……她眞的是憑自己的力量逃出的嗎？

也難怪方悅兒心裡存疑，畢竟許冷月是個不懂武藝的弱女子，實在難以想像她如何從歹徒的手中逃離。

如果許冷月不是憑自己的力量逃脫，難道是她答應了歹徒的一些請求，所以被放了出來？

少女心裡抱持著對許冷月的懷疑，並沒有耽誤，立即與風樓主一起隨著林靖來到議事廳，只見其他人已在那裡等著他們了。

方悅兒先環視了議事廳一周，發現身爲當事人的許冷月並不在這裡，臉上閃過一絲訝異，隨即詢問：「聽說找到許姑娘了？現在她在哪裡？」

雲卓道：「許姑娘現已回到許家。她昨天被許家的下人發現倒臥在自家庭園，身上並沒有傷痕，只是被人用藥物迷昏了。」

聽到雲卓的話，方悅兒更加疑惑了。如果眞是魔教的人下手擄走許冷月，那麼必定是想利用許冷月來威脅他們。又或者，他們威脅許冷月爲魔教所用，再把人放回來，讓許冷月與魔教裡應外合，對他們有所不利。

畢竟魔教的陰險手段可不少，無論是用毒還是用蠱，要控制許冷月是輕而易舉的事。

然而要達到這兩個目的，便須要許冷月回到他們之中，現在卻把她丟棄在許家，這舉動實在讓人摸不著頭腦呀！

「許姑娘知道是誰把她擄走嗎？」方悅兒問。

雲卓搖了搖頭，道：「她只說了蒙面人突然出現把她弄昏，中途她醒過來被蒙面人威嚇一番後又再次昏倒，接著便什麼也不知道，醒來時人已身在許家了。」

這麼多天都一直處於昏睡的狀態？

方悅兒總覺得許冷月隱瞞了不少事，隨即她像想起了什麼似的，揶揄地看了一眼身旁的段雲飛，問：「我家阿飛在這裡，許姑娘沒有吵著要過來嗎？」

以方悅兒對許冷月的了解，對方對段雲飛說不上有多情深，但絕對已生出一種執念。這次她被人擄走，即使那些人沒有對她做什麼，但也已有損她的名聲。繼續窩在許家，說不定哪天便被人急著嫁出去了，許冷月應該很著急要來找段雲飛才對。

該不會她終於想通了，知道繼續糾纏也沒有用；又或者被蒙面人擄走一事嚇怕了，不敢離開家裡？

段雲飛聞言有點心虛，想到被許冷月糾纏的日子更是心裡不爽。

本來段雲飛得知許冷月脫困後，還想著要是那女人仍不怕死地纏上來，他就埋伏在她前往宛宅的途中，讓她摔成豬頭。以許冷月那副嬌滴滴的模樣，包準她一個月下不了床！

在段大魔王的字典中，從來沒有「憐香惜玉」四個字的存在。

然而這次許冷月的反應還真出乎眾人的預料，只聽雲卓道：「許姑娘不但沒說要過來，她還說……」雲卓想到信上的內容，臉上閃過一絲怒意：「說那些擄走她的蒙面人，十之八九是門主大人妳派過去的！」

方悅兒聞言瞪大一雙杏眼：「什麼？」

雖然她與許冷月一向不對盤，可是這件事怎麼會牽扯到她身上啊⁉

見方悅兒懵掉的模樣，一旁的梅煜補充道：「根據許姑娘的說法，那些蒙面人抓到她後並沒有為難她，只是對她唬嚇一番後便把她放了。因此許姑娘認為事情都是方門主妳做的。」

方悅兒聞言不禁抽了抽嘴角。這到底是什麼破理由呀⁉

從許冷月被抓、到她被釋放等一連串的過程，事事充滿著詭異，到底是誰抓了她、目的是什麼，眾人對此完全茫無頭緒。

同時許冷月的態度也很奇怪，方悅兒並不相信對方對被擄走後的事真的一無所知，不然也不會一口咬定是她下的手。

方悅兒猜測許冷月應該是被擄之後看到了什麼，因而覺得是自己派人把她抓走，只是不知道對方爲何對那段經歷諱莫如深。

不過許冷月這番神邏輯的理論應該也不會有人相信，再加上她留在許家便影響不到他們。無論許冷月這段時間經歷了什麼，都與他們無關。

何況眾人還有更重要的事要做，因此想不到原因，便將此事先放下了。

因爲，很快便來到武林大會的日子！

❀

林易光雖身爲武林盟主，卻是個十分低調的人。在他當武林盟主期間，別說舉辦大型活動了，很多工作他都推給獨生子林靖代勞，自己則躲在家裡閉關。說要有多宅，便有多宅。

因此這次的武林大會實屬難得，即使是爲商議魔教與叛徒蘇志強這種令人不那麼愉快的原因，眾門派仍是懷著興致勃勃的心情前來。

不少門派更是想著該如何藉著這次機會，好好擴展一下人脈。畢竟在刀口舐血的江湖上，多個朋友也許不只多條出路，甚至能在危難時救自己的性命。

看看武林盟主的獨子林靖，在交朋友這點便做得很好。

林易光閉關不管事的時候，代父出任務的林靖便成了某些人的箭靶。很多時候，林靖都是因爲朋友的幫忙，才能夠化險爲夷。

所以在武林大會開始的前幾天，眾門派浩浩蕩蕩地相繼前來，熱烈地交流一番。

爲免走漏風聲、令魔教那邊有所防備，無論對誰，林易光等人都沒有表露出此次大會的眞正目的。所以眾門派以爲這次只是一場大型會議，心情頗爲輕鬆自在。

宛家老宅已在數天前修葺好，可以讓眾門派的人入住。除了大宅本身，宅所外面還有大片土地也是玄天門的私有地。

提早抵達的門派無所事事，便在空地切磋起武藝。

只要他們不出亂子，林易光也就不管他們，結果相互比武的人愈來愈多，甚至還搭建起臨時擂台，熱熱鬧鬧地比武起來。

原本商議魔教一事的武林大會，莫名其妙便變成了門派大比似的。這狀況實在讓人感到哭笑不得。也實在因爲這段時間魔教重出江湖作亂，還滅了幾個小門派，眾門派找不到魔教的藏身之處，想報仇也報不了，日子過得太壓抑。

現在難得這麼多人聚在一起，切磋交流順道發洩一下壓力，實在不能更美好了。

方悅兒雖然武藝不行，卻很喜歡湊熱鬧。聽到各門派把比武擂台弄得有聲有色，便好奇地前去觀看。侍女們乾脆還拿了些點心，讓門主大人可以邊看邊吃。

方悅兒悠閒的模樣與現場激昂的氣氛格格不入，加上她與四名侍女都是氣質與長相出眾的美人，很快便吸引了眾人的注視。

四名侍女有著一模一樣的容貌，本就很奪人眼目；而她們長相美麗，衣著打扮比起一些大小姐也不差。

被她們眾星拱月地圍在中間侍奉著的方悅兒，雖不是那種艷光四射的美人，然而那雙水汪汪的杏眼與嘴角的酒窩，卻令她清秀的容貌瞬間變得甜美出眾，再加上嬌養長大、培養出的高貴氣質，有著一種與別不同的魅力。

「那個姑娘是誰？這麼出眾的氣質……難道是某個武林世家的千金？」眾人小聲討論起方悅兒五人來。

方悅兒一直宅在玄天門裡，下山次數一隻手就能數得出來，大部分門派的弟子都沒見過她。但在場還是有人認得出方悅兒，這些人無一不是各掌門的親傳弟子，又或者在門派中身處要職的大人物。

這些人皆是驕傲的天之驕子，雖然面對方悅兒時從不失禮，但實際上心裡卻是很看不起這一事無成、厚顏無恥地霸佔著門主之位的少女。聽到身邊的人在猜測方悅兒的身分，他們便淡聲說道：「那位是玄天門的門主方悅兒。」

「原來她就是方悅兒啊……」得知少女的身分後，眾人表情各異。有些人面露不屑，有些人則露出嫉妒的神情。

「就是那個武藝低微，卻霸佔了玄天門門主之位的人嗎？」

「所以說投胎也是個技術活啊……」

「就算投了個好胎又怎樣？有玄天門那麼多的資源，她還不是只會些三腳貓功夫嗎？」

眾人心裡鄙夷，再加上嫉妒心作祟，說出的話都好聽不到哪裡去。

方悅兒內功不行，聽不到他們在說什麼，然而她身邊的侍女四人組武功都不差，雖算不上一流高手，但上擂台也能夠秒殺這裡大半的人。聽到那些人明裡暗裡地嘲諷自家門主，半夏四人都生氣了，恨不得立即上擂台，讓這些人知道花兒為什麼會這樣紅！

「怎麼了？」發現侍女們蛾眉倒蹙的模樣，全然不知自己被人指指點點的方悅兒好奇地詢問。

侍女們當然不會告訴方悅兒原因，以免對方知道後心裡不舒服。身為侍女之中的大姊姊，半夏作為代表微笑著說道：「也沒什麼，只是看到大家玩得這麼高興，我們也有些躍躍欲試了。」

方悅兒笑道：「那簡單，妳們就上去玩玩嘛！」

獲得方悅兒的允許，侍女們正摩拳擦掌地要給那些人一個教訓，卻見有人已捷足先登。

在她們說這幾句話的時間裡，段雲飛不知何時已站上擂台，打飛了原本在擂台上的人，隨即，更趾高氣揚地伸手指了指台下的幾個人：「你們一起上吧！」

半夏等人仔細一看，發現那些被段雲飛指定的，都是剛剛嘲諷方悅兒時說話最不客氣、惡意最深的那幾人。

那些人都知道段雲飛的身分，別說他們所有人一起上，就是連同他們所有人的師父，也不見得能討得了好。

雖然明知自己這些人加起來也不是段雲飛的對手，然而被人指名挑戰，而且青年還揚言他們可以多打一，要是還不敢接戰的話，往後必定爲人所不恥，就連他們的師門也會受到連累，因這污點被人恥笑。

戰敗並不可恥，但在切磋中不戰而逃卻會受人笑話。

所以即使明知這次接受挑戰的結果是會被段雲飛胖揍一頓，但這些人還是不得不一臉苦逼地上了擂台。

侍女們心知這場挑戰十之八九是因方悅兒而起。看到那些嘲笑自家門主的人被段雲飛揍得臉青鼻腫，半夏等人便覺得特別解氣。

方悅兒不知道整件事的來龍去脈，單純以爲段雲飛是想上擂台湊熱鬧而已。看段雲飛霸氣外露地大殺四方，不費吹灰之力便把敵人揍成豬頭，當他把最後一個敵人踢飛擂台外後，少女忍不住拍手爲他歡呼起來。

方悅兒的皮膚本來就特別嫩白，此刻因興奮而泛起一片緋紅，看起來更加嬌嫩可愛，讓人見了忍不住嘴角上揚。

聽到心上人的歡呼聲，輕鬆獲勝的段雲飛從擂台躍下，身姿輕盈又瀟灑，再加上本就外表出眾、俊美挺拔，四周頓時傳來眾多旁觀女俠的驚歎聲。段雲飛這一次亮相，又不知道會有多少姑娘家把芳心遺落在他身上了。

可惜段雲飛的心思未分出絲毫給那些愛慕他的女子，他眼中就只看得到那個有著一雙水汪汪杏眼、笑起來有著甜甜酒窩的姑娘。

見方悅兒爲自己的勝利而喜悅，素來不可一世的段雲飛，神情頓時柔和得不可思議。

段雲飛輕巧地掠到方悅兒面前，向少女咧嘴一笑，道：「我厲害吧？」

四名侍女見狀忍俊不禁，覺得這位前魔教副教主簡直像隻拚命展示美麗尾羽的孔雀。

方悅兒重重地點頭，閃亮亮的眼眸彷彿蘊含著星光：「嗯，超厲害的！」

心上人仰慕的眼神大大取悅了段雲飛，青年輕笑著道：「我會變得愈來愈厲害，好好保護妳的。」

聽到段雲飛在眾目睽睽之下說出這類似告白般的情話，方悅兒原本因為青年獲勝而興奮得紅撲撲的臉龐變得更紅了。

至於其他人，除了覺得自己快被閃盲以外，都因兩人的這番對話驚訝萬分。

想不到隨興而辦了一場擂台戰，竟牽扯出這麼大的八卦！

所以玄天門的門主大人，到底什麼時候與段雲飛在一起的？

這根本完全是八竿子打不著的兩個人呀！

且看段雲飛這副泛著戀愛中的酸臭味模樣，他顯然不是為了玄天門的勢力才與方悅兒在一起，而是真把那小姑娘放在心尖上疼。

想到那些說方悅兒壞話的人的下場，剛剛也有議論方悅兒的人都有些忐忑不安。幸好他們當時說的話比較中肯，也沒有惡意的抨擊，不然被打成豬頭的人只怕也有他們了。

那些被段雲飛逼上台暴打一頓的人原本還很不服氣，覺得段雲飛仗著武功高強而欺凌弱小。然而得知他與方悅兒的關係後，他們總算知道自己被人胖揍的眞正原因了。

這些人既擔心段雲飛會將他們剛剛的話告訴方悅兒，使玄天門記恨；又因自己的惡意嘲諷可能被當事人聽到，而感到心虛不自在。

他們不知道方悅兒身邊四名貌美的侍女也不是尋常下人，而是玄天門的高手，武力值並不低，即使沒有段雲飛，半夏等人都已將那些話聽進耳裡了。

若非侍女們顧忌著方悅兒的心情，不想讓這些不相干人等的冷嘲熱諷讓門主大人不開心，加上段雲飛已把他們教訓了一頓，這才沒告訴少女這些不愉快的事。

至於段雲飛，在把那些人打成豬頭、順道當眾向方悅兒表明心意後，便變得低調起來，選擇一直陪在心上人身邊，沒有再上擂台向別人「討教」的打算。

眾人見狀暗暗鬆了口氣，要是段雲飛這傢伙賴在擂台上不肯下來，那誰敢上去找虐啊？幸好這人還是很有分寸，見好就收。

擂台戰熱熱鬧鬧地進行了幾天，武林盟主林易光甚至還贊助了一本劍譜作爲獎品，一時間樂得一眾武林弟子都快忘了正事，切磋得不亦樂乎。

擂台戰得獎者出爐後，便是舉行武林大會的日子。

除了在宛家附近、先一步前來修葺打掃的玄天門弟子，玄天峰那邊派出的菁英也在這天抵達了宛家，這些人將會是代表玄天門與方悅兒等人一起出戰的主力。

「門主大人！」眾弟子剛到步，便迫不及待地去找方悅兒，實在是自家門主離開門派尋人太久，他們都有種對方離家出走、一去不返的錯覺了。

而且還是帶著四大堂主一起離家出走的感覺！

感覺門派被淘空呀！

每天都要幹不少額外的工作，不只身累，心更累！

看到方悅兒的時候，弟子們都快哭了。

於是便出現了玄天門一群人嗷嗷叫著、鬼哭神號地衝向方悅兒的場面，其他門派都被他們狂野的表現嚇到，還以爲發生什麼不得了的事。

當知道只是因爲太久沒見門主而有點小激動後，眾人都不禁在心裡暗罵了一聲

「神經病」。

段雲飛得知玄天門的人到來，立即趕過去展現存在感。弟子們知道眼前這位英俊挺拔的青年正是讓門主大人離家的罪魁禍首後，都向他投以不善的眼神。

聽說前魔教副教主武功高強，要是我們合力，不知道能不能把他圍毆一頓？

方悅兒並未察覺到戀人與玄天門弟子之間的波濤洶湧，見段雲飛前來，她立即高興地拉著他，介紹道：「這是段雲飛，我們現在在交往呢！」

「什麼!?」眾弟子震驚了，隨即看向段雲飛的眼神更加凶惡。

果然這傢伙要把我們的門主拐走嗎!?

聽到方悅兒在「娘家人」面前大大方方地承認他們的關係，段雲飛眼神頓時變得柔和，他覺得自己也應該說些什麼來回應少女的情意：「如果丫頭沒問題的話，待這裡的事情結束，而我找到泫冰心法的下卷後，我們便成親吧！」

這話聽在方悅兒的耳中，卻感到有些不悅了：「爲什麼要找到心法下卷之後？我不是說過，我不在意這些事的嗎？」

人活在世上，誰知道自己什麼時候死去？也許一場意外，便再也看不見明天的太陽了。及時行樂、珍惜眼前人，才是方悅兒的處世態度。

見少女完全沒有就成親一事出言反對，反而還一副等不及的模樣，段雲飛忍不住愉悅地勾起了嘴角。即使如此，他也未因此做出讓步。

段雲飛不是個瞻前顧後的人，可是成親與否，這意義對他來說不同。

要是他眞找不到心法下卷而死去，方悅兒身爲戀人一定會很傷心，可是傷心過後生活還是要繼續，終有一天少女能重新獲得她的幸福。

但他們成親的話，方悅兒便會成爲寡婦，這身分絕對會爲她增添諸多阻礙。

當然段雲飛不會傻得大剌剌地拒絕方悅兒，在一眾玄天門弟子面前落她面子。他知道該怎麼轉移眾人的視線，而且還能讓少女高興：「成不成親有什麼關係呢？反正我已經加入玄天門，都是妳的人了。」

方悅兒聽到段雲飛的話，頓時羞得滿臉通紅，可心裡卻又甜滋滋的。

一眾玄天門弟子覺得他們被塞了好大的一口狗糧！

旁邊的堂主們同情地看著同門，都有種同病相憐的感覺。

四大堂主很想告訴這些弟子，總有一天，狗糧吃著吃著會習慣的，就像他們一樣……

雖然被狗糧塞到飽，可最終其實門主並沒有被人拐走，反而拐了一個武林高手入門派，實在可喜可賀？

想到段雲飛變成自己人，正所謂能者多勞，已想著把怎樣難纏的任務交給他的一眾弟子，對青年的態度總算和善起來。

三、武林大會

武林大會當天，一眾門派齊集在宛家老宅，人潮洶湧，十分壯觀。各門派都派了菁英過來，這些年輕人精神抖擻地各自抱團而立，加上他們的衣著與武器各有特色，方悅兒便忍不住多看了幾眼。

段雲飛見狀，便開始頻頻與方悅兒說話。當他成功拉走少女全副的注意力後，嘴角微微勾起一個計謀得逞的弧度。

一旁的林靖看了不禁抽了抽嘴角，以前從不知道原來段雲飛是醋勁這麼大的人。方悅兒只是好奇多看了那些青年才俊幾眼，這有什麼好吃醋的？

果然愛情會讓人智商下降嗎？

之前比武切磋而搭建的擂台並未拆去，而是改建成大會舉行時讓武林盟主，以及一些大門派的掌門駐足發言的高台。

見眾人已齊聚，身爲武林大會的舉辦者林易光，站上高台向眾人說道：「首先，十分感謝諸位響應我的號召，前來商議魔教一事。只是在討論之前，我先要針對最近在江湖上傳得沸沸揚揚的傳聞，作一番澄清。」

聽到林易光的話，眾門派立即便猜到對方所指的是泫冰心法的事，頓時聚精會神，想聽對方有什麼說法。尤其一些覬覦心法的人，眼中更是閃爍著貪婪與計算，想著該如何從中獲得利益。

只聽林易光說道：「當年我的確將泫冰心法毀掉了……」

短短的一句話，像一石激起千層浪般讓會場瞬間炸了開來。覬覦著泫冰心法的人更是沉不住氣地叫嚷：「如果泫冰心法眞的毀掉，那段雲飛修練的到底是什麼功法!?」

此言一出，立即便引來有心人的附和：「就是！段雲飛就算從娘胎開始修練，也只有修練二十多年而已。他這一身驚人的內力說是修練尋常功法出來的，誰相信？」

「事實分明就像傳言那般，段雲飛無疑是當年那個在林家被打傷的孩子。林盟主爲了救他性命，就把泫冰心法偷偷交了給他。」

台下眾人你一句我一句地猜測起來，段雲飛聽著眾人的叫嚷，冷笑了聲，道：「你們口口聲聲說我修練了泫冰心法，有什麼證據嗎？」

段雲飛說這番話時，與先前林易光一樣，在說話時使用了內力，因此雖然音量不大，但場中所有人都能聽清楚他的話。

只是與林易光不同，段雲飛使用內力的方式粗暴得多，爆發內力傳音的結果，便是這句話像驚雷般瞬間掩蓋了其他聲音，震得台下眾人的耳朵嗡嗡作響。一些內力較差的人還覺得頭昏腦脹，雙腿一軟，差點摔倒在地。

被段雲飛一句話震懾，眾人這才想起這事不單只關乎林家，事主還有個在江湖上行事亦正亦邪、武功高得驚人的段雲飛！

林易光這個老實人好說話，但段雲飛可不會像林易光那般給他們面子。一個弄得不好，對方說不定還會大開殺戒。

想到這裡，那些心懷不軌的人頓時蔫了，也不敢繼續大叫大嚷，就怕被段雲飛記恨，到時拿來殺雞儆猴。

段雲飛見那些欺善怕惡的人沒了聲音，冷笑道：「你們既然沒有證據，單憑一個傳聞就對武林盟主大呼小叫，難道不覺得太失禮了？」

那些覬覦泫冰心法的人再不甘心，現在也不敢去當那隻出頭鳥。段雲飛已經很明確地站在林易光那一邊，要是他們再不依不撓，也不知對方會怎樣對付他們。

於是他們只得暫時收起心裡的小心思，打算往後再從長計議：「我們的確沒有證據，所以段少俠你的意思是，你並沒有修練泫冰心法嗎？」

「誰說我沒有修練？我的確修練了泫冰心法沒錯。」本以爲段雲飛會否認，誰知道他大大方方地承認下來。

眾人愣了愣，隨即便有人尖銳地說道：「果然林盟主欺騙了我們！當年把我們各大門派耍著玩！」

段雲飛聞言冷哼了聲：「泫冰心法在江湖上是無主的武功，既然有緣讓林家獲得，林盟主想如何處置都可以，爲什麼林盟主就不能把它送人？難道林盟主做任何事，都須要經過你們的同意嗎？你們以爲自己是誰，有這麼大的面子？」

段雲飛一番話雖然說得難聽，但句句在理。雖然當年是林易光爲免引起不必要的爭奪，主動提出毀掉泫冰心法。要是他燒燬心法是假的，又偷偷將泫冰心法交給段雲飛修練，確實是欺騙了其他武林同道。

不過話又說回來，當年林易光只說林家的人沒有修練，但段雲飛可不是林家人，因此眞要執著的話，林易光也算不上說謊。

只是這樣一來，難免會讓人覺得林易光的話不可信，進而損害他武林盟主的威信，甚至認爲他是個反覆無常的小人。

見眾人敢怒不敢言的模樣，段雲飛泛起惡劣的笑容，悠然地說道：「我是修練了泫冰心法沒錯，但我有說過心法是林盟主給我的嗎？」

沒有絲毫防備，事情反轉得太快，眾人都覺得很不眞實。

聽到段雲飛的話後，大部分人都是不信的，認爲對方只是在替林易光遮掩。

「你以爲我們所有人都是傻子嗎？泫冰心法又不是爛大街的東西，你說不是林盟主給你的，難道是你逛街時撿到的？」

說話的人隱藏在人群中，喊出這一句時沒有冒頭，段雲飛也只聽得出對方所在的大約位置，確切是誰卻是聽不出來。

不過台下的人都是同門派的人一群群聚在一起的，因此睚眥必報的段雲飛直接把那個門派記進小本本裡，打算事情結束後找他們好好切磋一番。

那個說話的人頓時感到背脊一涼，想著難道段雲飛這樣還能把他找出來？

不過看到對方只是朝著他的方向看了一眼後便移開視線，那人又覺得是自己太心虛想多了。

卻不知道自己無意中把自家門派坑了。段雲飛壓根沒想過要找出說話的人，只想著把那人所屬門派的所有人都揍一頓！

段大魔王就是有任性的本錢！他將這個門派記進心裡的小本本後，悠然說道：「不是撿到的，是玄天門的前任門主方毅送的。」

眾人再次愣住了。

坐在一旁的方悅兒點了點頭，證實段雲飛的話：「是爹爹送的沒錯。」

方悅兒的內力不行，這番話用內力說來，台下的人也是勉強才能聽得見。但這微弱的聲音聽在他們耳中，不亞於驚雷一般，讓那些打著泫冰心法主意的人心神大震。

無論是玄天門還是段雲飛，這兩者都不像林家好說話，是江湖上出了名沒顧忌、極不好惹的存在。要是向泫冰心法伸手，也許不只手被剁掉，連腦袋也要掉了！

隨即眾人又想起昨天段雲飛打擂台那一齣，一些人還在心裡慨嘆著，既然段雲飛修習的泫冰心法是方毅所贈，那是不是代表著當年段雲飛在玄天門學藝時，已經與方悅兒好上了。因此方毅早就將對方視爲女婿，才會送出這麼珍貴的東西？

然而段雲飛到玄天門練武時還是個毛頭小子啊！而且再算一算當時方悅兒的年紀……

現在的年輕人還眞是奔放啊……

方悅兒並不知道自己因替林易光揹了泫冰心法這個鍋，竟讓別人誤會她與段雲飛小小年紀便已好上了。面對著眾人的注目，少女高傲地仰起下巴，心想你們想要泫冰心法的話，有本事就衝著玄天門來啊！

來一個打一個，來一雙殺一雙！

一旁的林易光看著兒子與準兒媳護著自己的模樣，不禁感到老懷安慰。雖然段雲飛這小子經常不在家，看起來與林家生疏得很，但只要家裡出事，這小子還是懂得護著自家人的。也不枉他當年承受著壓力，將泫冰心法交給他了。

同時林易光還想到玄天門家大業大，有方悅兒幫忙尋找泫冰心法的下卷，絕對比段雲飛獨自尋找的希望大得多，因此不禁對方悅兒這位準兒媳感到十分滿意。

有了段雲飛與方悅兒這番話，現在已沒人認為當年林易光在燒燬泫冰心法一事上做了手腳，更沒人膽敢不怕死地去找他們麻煩。

何況段雲飛更表明他修練的只有泫冰心法上卷，下卷仍在尋找中。要是有人能夠向他提供下卷的話，段雲飛願意以上卷的心法來交換。

不少覬覦心法的人，都被這條件吸引。與其不怕死地試圖在段雲飛與玄天門手中奪得心法上卷，倒不如找到下卷後與段雲飛交易，還比較妥當。

林易光見段雲飛與方悅兒一唱一和便把這些人哄住，要是真有人找到心法下卷，他們也很歡迎用上卷來交換，這絕對是雙贏的局面。

解決泫冰心法的傳聞後，武林大會才算是正式開始。然而林易光接下來宣布的事再次出乎眾人意料。他告訴眾人魔教餘孽的根據地已找到，現在趁各門派菁英齊集，正好可以前去把敵人一網打盡！

「我知道現在才公開這消息有些不厚道，可為免消息走漏，我一直未將此事告知任何人，趁這次舉辦武林大會才將此事公布給大家。」林易光道。

原本以為聚集在此只是為商議魔教與蘇志強叛逃一事，想不到林易光的動作這麼快，直接把人家魔教的老巢都找出來了。突然從開會討論變成直接明刀明劍的討伐，他們難免因林易光的隱瞞而感不快。

不過在聽完解釋後，卻不得不承認林易光的顧慮確實是有必要的，於是眾人也就釋然了。

眾人不知道，蘇志強的確如林易光等人所顧忌的，在白道中埋下了不少釘子。蘇志強得知林易光召集眾門派舉行武林大會時，便讓那些釘子藏在人群中伺機而動。

白道將魔教視爲武林的毒瘤，欲除之而後快，魔教又何嘗不是將白道門派視爲眼中釘？這次的武林大會，正是將白道一鍋端的大好機會。

那些釘子已準備好毒藥，就等著所有人齊集後找機會下毒。誰知武林大會才剛開始，林易光便直接公布了魔教的根據地，殺他們一個措手不及。

釘子們想要通知魔教，然而此刻四周都是白道的人，而且白道這邊都要出動了，他們根本沒有通風報信的時間，只能乾著急卻又無可奈何。

得知魔教的根據地竟然是青雲山，而且還位處白梅山莊的梅林內，眾人看著梅煜及一眾前來參加大會的白梅山莊弟子，眼神都有些微妙了。

雖然情報顯示對方躲在青雲山山腳，並非直接窩藏在白梅山莊內，可是梅林屬於白梅山莊的勢力範圍，要是沒有山莊的人當內應，魔教這麼多人是如何在梅林中躲了這麼久都不被察覺？

梅煜也難以確認山莊裡是否有人與魔教勾結。這次代表白梅山莊前來武林大會的人都是經他挑選，忠心度毋庸置疑。至於留在白梅山莊的人到底有多少涉及其中，梅煜卻是不敢肯定。

目前梅煜最爲懷疑的，便是梅長暉。

梅煜在白梅山莊終究根基淺薄，而梅長暉在白梅山莊多年，一直被梅莊主當作繼承人培養，在山莊有著自己的勢力。即使他武功廢了，仍是有不少支持立長立嫡的聲音。

然而在梅莊主被殺後，臨危受命的梅煜一改他和善的作風，強硬地壓下不和諧的聲音，還爭取了大部分弟子的支持。那些堅持讓梅長暉上位的聲音知道大勢已去，這才閉起嘴巴。

雖然知道魔教的根據地後，不少人立即聯想到白梅山莊或許有人牽涉其中，不過林易光既然讓梅煜一行人參加這次武林大會，代表他們是可信的。

而梅煜也表示，他對於魔教紮根在青雲山一事毫不知情，也相信白梅山莊大部分人都是心向著白道，眞正偏向魔教的人應該只有少數。

梅煜更表明要是白梅山莊眞出現了叛徒，無論對方身分爲何，他都絕對不會姑息。

出戰在即，再加上早就有蘇家這個連家主都叛離白道的先例在，眾人也沒心情去抓著白梅山莊出叛徒一事不放，此事就暫時放下。只是在面對白梅山莊的人時，其他門派的弟子還是心有芥蒂。

想不到最後梅煜與蘇沐華的處境莫名變得相似，實在不愧爲友誼深厚的難兄難弟。爲了挽回白梅山莊與蘇家在白道的名譽，這兩人都在心裡暗下決定，這次圍剿魔教的行動他們一定要特別出力才行！

很快地，林易光與眾人分享從風樓主那裡獲得有關魔教的情報，可謂萬事俱備，只欠東風。

上次被一部分魔教的人逃走，事後死灰復燃地在江湖興風作浪，眾門派對這次要將魔教餘孽一網打盡的征討有著堅定的決心。商議後決定兵分多路，各自潛伏在青雲山四周，待約定時間一到，便形成包圍網殺向魔教的根據地。

而舉辦武林大會的大門派，玄天門、林家、蘇家及白梅山莊，各自帶領著不同的隊伍分頭展開行動。

至於段雲飛，他雖已入玄天門，可是個人的戰鬥力強悍，理應也會參與主導、加入其中一個戰線才對。然而這傢伙卻緊緊跟著方悅兒，無論如何都不願與心上人分開，還美其名地說要貼身保護對方，不然方悅兒沒有他看顧一定會受傷。

玄天門眾人：「……」

當我們都是死的嗎？

門主大人自有我們來保護，不需要你！

雖然心裡對於段雲飛的說詞有些不忿，不過戰鬥中任何事情都有可能發生，有時一個小意外便足以致命。因此有段雲飛這樣的高手留在方悅兒身邊，他們的確更能放心。

其他人雖然想爭取段雲飛這個戰力，但看對方一副「想要留下我先問過我的拳頭」的模樣，再加上素來任性的青年願意一起去討伐魔教已實屬難得，也不敢逼他太緊，便讓他如願以償了。

風樓主見狀抓住林靖的手臂，道：「那我與阿靖一起走吧！我要……」

方悅兒歪了歪頭，疑惑地詢問：「林公子的武功很好呀，應該不須要別人保護吧？」

風樓主笑道：「是我要他保護才對，我只是個做情報的人，明刀明槍的作戰不適合我呀！有阿靖在身邊的話，我便沒有那麼害怕了。」

林靖聞言一臉無奈，心想風樓主的武功可不弱，當初在維江城，更是與那群戴著面具的人耍得他們團團轉呢！

不過林靖並沒有點破風樓主的謊言，其他人也不清楚風樓主真正的身手如何，於是風樓主便如願爭取到與林家同一條路線。

四、突襲魔教

分配好大家要走的路線以後，方悅兒便帶著一群武林人士靜悄悄地來到埋伏的地點。

由於他們埋伏的地方與宛家最接近，因此最早到達目的地。眼看離黃昏還有不少的時間，眾人便席地而坐，休息的休息、暖身的暖身，爲著接下來的一番惡戰作準備。

原本眾人無法理解爲何方悅兒也要跟著過來，畢竟她武功差，不僅幫不上忙，還要讓大家花心力去照顧她，這不是來添亂嗎？

對於這些無關緊要的人的質疑，方悅兒並沒有道出自家母親與蘇志強的瓜葛，只是理直氣壯地表示要是眾人不歡迎她的話，那此行玄天門就不參與了。

反正當年玄天門本就沒參與消滅魔教一事，無論是白道從消滅魔教中獲得了眾多利益，又或是魔教餘孽到處殺人報仇，這些都不關玄天門的事。

玄天門一向是身處江湖，卻又超然於江湖之外。這次的事要不是涉及宛清茹的死亡眞相，方悅兒也不會讓玄天門參與其中。

白道消滅魔教，替天行道、爲民除害是一方面，但說沒有從中獲得任何好處，誰會相信？

至少魔教百年基業，當中有多少搜括來的金銀財寶和武功祕笈？而最終這些東西又去了哪裡？雖然方悅兒不知詳情，但肯定攻打魔教的門派瓜分了不少好處。

偏偏他們好處拿盡，卻出了大紕漏，當年因爲不信任段雲飛的通風報信與林易光的擔保，姍姍來遲的後果導致魔教教主彭琛生死不明，不少魔教教眾逃脫，惹來了現在的後患。

而身懷魔功、卻在白道中享富盛名的前蘇家家主蘇志強，也與這裡不少門派有著深厚交情。多年結交卻看不出對方是魔教中人，不知已有多少機密透露給魔教了。現在玄天門來爲他們出一分力，這些人還好意思討價還價？

果然那些門派聽到方悅兒說玄天門不參與，這才驚覺這次的討伐大戰與先前不一樣。

先前討伐魔教他們能從中獲得不少利益，可現在的魔教餘孽今非昔比，即使不是兩袖清風什麼都沒有，所能獲得的利益顯然不足以讓玄天門看上眼。

因此玄天門幫忙是人情，不幫忙是道理，他們卻還在嫌棄人家門主大人會礙事。要是玄天門的人真的不管不顧掉頭就走，他們的戰力必定大減。在戰鬥中，戰力大減代表什麼？這可關係著他們的生死呀！

想到這裡，那些人立即態度一變，很狗腿地對玄天門的幫忙歌功頌德，又殷勤地奉承了方悅兒一番，這才在少女願意留下後鬆了口氣。

一旁的段雲飛見狀不禁莞爾，心想這些人何苦呢？原本玄天門就打算幫忙，他們卻不識趣地將幫手往外推，結果醒悟到對方的重要之後，又得戰戰兢兢地挽留，這不是犯賤嗎!?

別看方悅兒外表一副很好欺負的模樣，其實她可有主見了。以為她是軟柿子伸手去捏的話，手隨時會被廢掉！

方悅兒也沒有太為難那些人，畢竟一會兒都是並肩作戰的戰友，把關係鬧得太僵也不好。只要對方不找她麻煩，門主大人還是很好說話的。

方悅兒的武功不行，等會兒要做的就是不要冒失、不要添亂，乖乖跟著大隊衝上去。至於段雲飛，他的武功則是高得驚人，泫冰心法的上卷被他練至極致，他現在甚至得壓抑著修練的速度，內力增長太快絕對是找死。

於是這一對小情侶無所事事，便開始你儂我儂地談情說愛。雖然兩人說話的音量很小，可是從方悅兒靠著段雲飛而坐的姿勢，以至於兩人甜蜜無比的笑容，無不散著一股名爲「戀愛」的酸臭味。

雖然在場也不是沒有成了親或有對象的人，但大部分人的伴侶都沒有同行，因此受到的攻擊與單身狗無異，甚至更大了……

好想念夫人／夫君呀……

好想秀恩愛！

心情鬱悶之下，當他們到了約定時間殺入青雲山時，與玄天門同路線的一眾門派出招特別凶狠，把先前悶著的那口氣發洩到與魔教的對抗中，簡直就是一場因秀恩愛而引發的血案！

風樓主的情報沒錯，眾人根據他的情報，輕易找出魔教餘孽聚集的地方。

既然這次是突襲，他們自然是一找到人便立即亮出傢伙打過去。

看到突然殺來的白道門派，魔教的人全都懵了。他們在探知白道舉行武林大會以後，便安排釘子在大會的食水中下毒，此時還在等著好消息，作著將白道一網打盡的美夢呢。

誰知道被一網打盡的人卻成了他們自己，看到四面八方衝過來的白道中人，魔教不少人都來不及做出反應，便已被敵人收割了腦袋。

即使不少魔教的人迅速反應過來，試圖挽回被壓著打的劣勢，然而卻沒有什麼作用，被人殺進老巢的低落士氣與劣勢並不是能輕易扭轉的。

「爲什麼白道的人會知道我們的據點!?」魔教的人驚叫連連，想不通他們的根據地怎會悄聲無息地被人發現？

梅煜幹掉一名敵人，趁機大喊：「我是白梅山莊下任莊主梅煜，你們魔教眞以爲我白梅山莊的人會與你們同流合污嗎？」說罷，便是冷笑連連。

梅煜是故意這樣說的，魔教選擇在青雲山紮根，很有可能有白梅山莊的人幫忙遮掩。因此梅煜便想詐一下他們，看看能否從中得知是誰在爲魔教打掩護。

白道大軍突然殺到，魔教的人正值方寸大亂之際，聽到梅煜的話後，還眞的有人中計了：「媽的！梅長暉竟然騙我們！」

聽到魔教餘孽的咒罵聲，白道這邊總算知道誰是勾結魔教的罪魁禍首。

以梅煜為首的白梅山莊等人，聽到這話時臉色不禁發白。雖然他們早就猜到魔教既然膽敢以青雲山作根據地，十之八九是在白梅山莊有內應。然而真確定是他們白梅山莊的人，而且竟然還真是梅長暉時，仍是感到難以接受。

有弟子猶豫道：「應該不會吧……大公子已經武功全失，而且還行動不便，參與江湖紛爭對他有什麼好處？他根本沒理由去幫魔教的人。」

一名白梅山莊的弟子卻冷哼了聲，道：「山莊裡不是還有一群腦子拎不清、叫囂著莊主之位要傳長傳嫡的人嗎？說不定獲得魔教的支持，就是為了在奪位時能擁有更多籌碼？」

另一名弟子也道：「而且柳氏被逐出山莊後，不是與蘇志強勾結在一起嗎？先是毒殺了莊主，再勾結魔教，大公子身為柳氏的兒子，又怎會毫不知情？」

聽著這些弟子的言論，原本相信梅長暉的人都動搖了，想要說出口的辯護也吞回肚子裡，變得沉默起來。

這些人只得將心裡的憤恨發洩到敵人身上，對戰時出手更狠，把魔教的人打得節節敗退。

一開始拉開的差距，很快便變得愈來愈大。魔教的人本就沒有多少同伴意識，看到敵人來勢洶洶，竟然有不少人做出扯過身邊同伴來擋住敵人的殺招、自己試圖逃跑的行爲。

青雲山白梅盛放，原本是絕美的景色，然而戰爭的場面卻絕不美好，血色將純白的梅花染紅，血腥味也蓋過了梅花的芬芳。戰鬥中血肉橫飛，到處都是嘶喊與慘叫聲。

爲免魔教再次死灰復燃，這一次眾人都懷著徹底剷除魔教的決心，白道眾人下手毫不留情，招招殺著。包括四位侍女在內的玄天門弟子也迅速散了開來，追擊節節敗退的魔教教眾。段雲飛及四大堂主則以方悅兒爲中心聚在一起，並未加入追擊魔教教眾的行列。

對玄天門等人來說，他們此行的目的只有蘇志強。派出弟子幫忙消滅魔教的人已經很夠意思，可不會因此而把方悅兒陷於危險中，最高的戰力用於保護門主大人是必須的。

方悅兒初次涉足江湖中的大型爭鬥，雖然心裡早已想像過無數殘酷的場面，然而真正身處其中，少女這才深切感受到和平到底有多寶貴。然而只要有利益的爭奪，江湖便不會缺少殺戮與戰爭。

雖然對此感到不適，可方悅兒也是見識過江湖爭鬥的人，而且也不想成爲身邊伙伴的負擔。因此她的臉色雖因眼前血肉橫飛的場面而有些發白，卻沒有絲毫退卻，就連視線也沒有從殘酷的戰鬥中移開，而是聚精會神地觀察戰況。

她沒有高強的武功，無法直接幫助同伴，可卻能爲他們多添一雙眼睛，防止他人在自己人身邊放冷箭。

突然，方悅兒看到一個身材高大、容貌被滿臉鬍子遮住的男子，一邊沿途擊飛擋住他去路的人，一邊選擇性地往他們的方向移動，頓時心生警惕。

即使有方悅兒這個半吊子在，段雲飛等人仍可說是在場殺傷力最大的一團，魔教的人誰遇上誰死。很快敵人都知道他們是難啃的骨頭，遇上方悅兒等人時都會自覺地避開。

在這種情況下，那人還直直向著他們走來，怎麼看都不尋常。

「阿飛，小心那個人。」

聽到方悅兒的警告，段雲飛立即把視線投向少女指示的男子身上。見段雲飛注意到自己，男子只得放棄偷襲的想法，雙足一蹬便往前衝，舉起拳頭朝著段雲飛擊去！

段雲飛迅速擋住對方的攻擊，在雙方接觸的瞬間，他感到一股霸道而炙熱的內力傳來，連忙運轉體內的泫冰心法反擊回去。

他心裡也不禁慶幸，幸好方悅兒先一步察覺到對方的攻擊，要是自己在沒有心理準備之下遇上對方偷襲，也許會吃不小的暗虧。

高手過招，要是一開始落了下風，便很難扭轉局勢。幸好他在對方做出攻擊時有防備，這才能在察覺到不妥時立即全力回擊，並未一交手便被對方壓著打。

對方內力很霸道，段雲飛竟得運用泫冰心法才能扛得住，那麼這人的身分也呼之欲出了——這個偷襲的大鬍子，正是他們在尋找的蘇志強！

蘇志強被段雲飛打傷後，這段時間一直躲在青雲山療傷。可惜泫冰心法本就是魔功的剋星，所造成的傷勢對蘇志強來說比什麼都嚴重。這也是當年他知道林家擁有泫冰心法時，處心積慮想將心法毀掉的原因。

在白道眾人進行突襲、與魔教眾人展開激烈戰鬥之際，蘇志強立即便收到消息了。只是那時他正在運功療傷，因此過了好一會兒才趕到戰場。

當蘇志強趕來時，也不知是否宿敵之間有著特別的感應，在混亂的戰場中，他一眼便看到在戰鬥中的段雲飛。

見段雲飛一臉輕鬆地收割著人命，蘇志強立即感到身上的傷口在隱隱作痛。

他已經多年沒受過這麼重的傷，現在看到令他受傷的罪魁禍首，蘇志強心裡的恨意頓時洶湧而出。只是他很快便壓下這般恨意，畢竟段雲飛雖然與他一樣也受了傷，但對方的心法卻能剋制他的內力，再加上有寇秋這個神醫作後盾，因此看對方此刻對敵時的狀況，顯是傷勢已經好得七、八成，復元程度簡直甩出他一條街。

這讓傷勢未癒的蘇志強有些卻步，可是想到自己已與白道決裂，魔教的勢力是唯一翻身的可能。要是魔教真被白道殲滅，他此生便很難再有東山再起的機會，想到此，蘇志強的神情堅定起來。

只有在魔教戰敗前抓住方悅兒，威脅玄天門反水對付白道的門派，蘇志強的野心才有可能延續下去。

誰都知道玄天門的人對他們的門主重視得不得了，只要抓住方悅兒，便能讓玄天門為他所用。

不然他這次即使能逃離這裡，只怕從此一在江湖冒頭，便會變成人人喊打的溝渠老鼠。這對蘇志強來說，是寧死也不能接受的結局。

他怕的不是死亡，而是變得平庸，變成一個失去權勢的普通人！

蘇志強怎麼也不甘心自己的野心到此為止，因此這次是決心豁出去了，不成功便成仁！

本來蘇志強還想著這段時間他只顧著療傷，滿臉鬍鬚的，應該沒人能認出，打算偽裝成一般的教眾接近段雲飛，出奇不意地偷襲。想不到他的確是沒被人認出，卻仍被方悅兒看出異狀。

於是段雲飛在有所準備下，蘇志強的烈陽神功根本就陰不到他，炙熱的內力迅速便被青年的冰系內力化解。

方悅兒這個他素來看不起、認為只是累贅的少女，竟成為阻礙他偷襲的關鍵，蘇志強實在嚥不下這口氣。雖然對方可能已認出他，不過他既然決心向段雲飛出手，那心裡就存有著孤注一擲的準備。

只是蘇志強並未不管不顧地繼續打下去，看到一擊不成後，反而頓時打住，往外逃離。方悅兒等人見狀，連忙使出輕功追上去。

段雲飛等人的這場戰鬥，在混亂的戰場中並未引起太大動靜，即使有些人看到他們追著一個鬍鬚大漢跑，一時間也聯想不到那人是蘇志強。

就算某些聰明人猜到了幾分，但想到自己與蘇志強武力值的差距，也不會傻得追上去。

這麼生猛的敵人，就交給段雲飛去處理吧！他們這些小蝦米，還是專注於對付雜魚就好。

蘇志強雖然輕功不算特別強悍，只是他的內力充沛，再加上熟悉地勢，在左拐右彎之下遙遙領先著，讓段雲飛幾人一時之間無法追上。

「阿飛，你先追上去吧！我有雲大哥他們照顧。」方悅兒內力不繼，短時間還可撐住，時間一長便須要段雲飛渡內力給她。

理論上少女的提議是最適當的做法，然而段雲飛卻毫不猶豫地拒絕：「不，我陪著妳。」

他是很想趁這機會解決掉蘇志強，但卻不會爲了勝利而捨棄更加珍貴的東西。在戰場上，死亡每分每秒在上演，他怎放心爲了追擊敵人而將心愛的人留下？

方悅兒看著段雲飛堅毅的背影，感受著從對方緊握的掌心中傳來的溫度，只覺心裡甜滋滋的。

一旁的四大堂主無奈地交換視線，自從這兩人關係確定後，他們愈來愈覺得自己的存在很多餘了！

爲什麼在戰場上，他們還是不自覺地放閃呀!?

緊張的氣氛都要沒了好不好！

五、內訌

相較於被段雲飛與方悅兒在戰鬥期間還不忘放閃的舉動弄得哭笑不得的四堂主，被他們追擊的蘇志強卻全然沒有輕鬆的心情。

蘇志強全速奔跑，憑著熟悉環境的優勢把眾人遠遠甩在後面，終於抵達他的目的地——一座遠離戰場的隱蔽山洞。

山洞的外表看來雖然與尋常洞穴沒什麼兩樣，然而只要走進去，便會發現別有洞天。

山洞中各種家具一應俱全，被整理成一處舒適的居所。而這個山洞，正是蘇志強在青雲山的居所。受傷後，他更是在這個山洞閉關練功、療傷，長時間待在這裡沒有外出。

得知白道攻打過來，蘇志強便讓沒有自保能力的柳氏留在這裡，並讓心腹手下保護著她。

見有人進入山洞，那些守著山洞的手下立即警覺地想要攻擊，然而看到來者是蘇志強，便立即止住了攻勢，恭敬地向他行禮道：「教主！」

魔教教主明明應該是生死未明的彭琛，然而這些人卻稱蘇志強爲「教主」，而蘇志強對此也坦然接受，對這稱呼一副理所當然的模樣。

蘇志強下令：「你們留在洞口，擋住任何人進入。」說罷，蘇志強便匆匆入內，不再理會那些對上段雲飛必敗無疑的手下。

這些都是他在魔教中最忠誠、實力也最強大的下屬。訓練他們花費了不少資源、時間與心力，現在不得已要捨棄那些人，即使是蘇志強，也覺得有些肉痛。

然而想到只要在這次戰鬥中控制住方悅兒，從而威脅玄天門為他所用，蘇志強卻又覺得只是損失些用得順手的「工具」而已，也沒什麼捨不得的。

蘇志強從來就沒有把下屬當人看，在他眼中，那些人也只是一些比較好用的人形武器。

懷著如此冷酷的想法，蘇志強進入山洞，立即便看到一臉焦急迎上來的柳氏。

柳氏雖然不懂武藝，可身為善蠱的月族女子，她並非沒有任何自保之力。蘇志強踏進山洞時，已敏銳察覺到四面八方傳來一種令他毛骨悚然的危險感，顯是柳氏在山洞中布下了各種蠱蟲作防禦。

「現在情況怎樣？怎麼這麼快便回來了？」柳氏看到進入山洞的人是蘇志強，

立即讓蠢蠢欲動的蟲蟲退開，並且迎上去，一臉焦慮地詢問。

蘇志強道：「阿姊，現在情況不理想，這次白道傾巢而出，就連林易光、段雲飛等武功與我不相上下的高手都出動了。魔教根本無法抵抗，只得先行撤退。」

聽到蘇志強的話，柳氏毫不猶豫地點頭：「好的！我們現在就走吧！」

蘇志強牽著柳氏的手，把她拉入懷抱中：「放心，我們那麼艱難才能走到一起，我一定會保護妳的。」

如果有旁人在這裡，一定會為此刻的一幕感到震驚。蘇志強與柳氏是姊弟，可他們現在的舉動卻超越了親人的界線，簡直就像戀人一樣！

柳氏聽到蘇志強的話，一臉感動地仰起了臉：「志強……」

就在他們雙唇相觸的瞬間，柳氏原本微閉的雙目倏地睜大，眼中滿是驚愕與無法置信！

蘇志強前一秒還在情深款款地環抱著柳氏的手，此時正狠狠插入了她的腹部，甚至還在她的體內攪動，似乎在尋找著什麼。

柳氏除了懂得控蠱，不外乎就只是個嬌生慣養的文弱婦人，何曾受過這種痛楚？她痛得完全說不出話，也使不上力，對於蠱蟲的控制更是瞬間失控，更別說對蘇志強進行反擊了。

現在柳氏除了腹部的重傷外，還承受著養在體內的蠱蟲反噬，可謂生不如死。蘇志強完全不理會自己方才還在溫情脈脈地對待的女子正受著多大痛苦，只專注於手中的探索，最終從柳氏體內抽出了手，手中握著一隻冰白的蠱蟲。

這蠱蟲的外表像一隻螳螂，只是白白胖胖的身體卻比螳螂肥胖圓潤，憨狀可掬。冰白的身體晶瑩剔透，看起來就像冰雪雕琢而成的藝術品。

只是想到這東西是從柳氏體內挖出，再加上雪白亮麗的身體上染上了鮮紅血跡，更讓人感覺到牠美麗的外表下暗藏著不祥。

柳氏善蠱，她除了會把蠱下在別人身上，體內還養著一隻至毒至強的白玉蠱蠱。這隻白玉蠱蟲是柳氏的本命蠱，花費了她多年心血溫養而成。

白玉蠱蟲雖然沒有攻擊力，卻能作爲母蠱驅使子蠱掌控他人生死。只要將子蠱植入人體內，柳氏便能單憑意念，讓那個人求生不得，求死不能。

只可惜培養白玉蠱蟲生下子蠱艱難，柳氏至今就只成功培育出一隻子蠱，而且已經讓人服下了。

除了作爲母蠱來控制子蠱，白玉蠱蟲本身還是讓武者趨之若鶩的大補之物。只要將牠捏碎服下，便能讓內力大增，而且沒有時限與副作用。

雖然一些珍貴的丹藥也有提升功力的功效，例如玄天門餵給麥冬吃的九陽丹，就能達到提升功力的效果。可那些丹藥只對一般武者有顯著效果，對於內功強大的強者來說卻只是杯水車薪。

武者愈是強大，便須要增加愈精純的內力才能提升修爲。好比一般人吃一枚九陽丹能增加十年功力，但對雲卓等這些一流武者來說卻會打了些折扣，而且每吃一顆，藥效便會再遞減。而蘇志強這些絕頂強者，九陽丹只能是當糖吃，根本沒什麼效果了。

然而白玉蠱蟲的強大之處在於牠沒有這種限制，增加的功力並不會因其他因素而有所改變，無論是初涉江湖的新手，還是像蘇志強那樣的絕頂高手，吃下白玉蠱蟲的效果都是一視同仁。

而蘇志強，要的正是母蠱的這種效果！

畢竟到了絕頂高手的層次，每增加一分功力都很困難，也難怪白玉蠱蟲如此珍貴。

柳氏也明白懷璧其罪的道理，因此她以白玉蠱蟲作本命蠱一事就只告訴了蘇志強，可惜對方最終還是辜負了自己的信任。

蘇志強握住白玉蠱蟲，一臉志足意滿。他與段雲飛功力相當，只是對方的功法剋制他，因此對上段雲飛時，他才總是節節敗退。只要吃下白玉蠱蟲提升功力，擊殺段雲飛還不是輕而易舉的事嗎？

至於蘇志強為何不向柳氏提出請求，而是用這種極端的方式將蠱蟲奪到手？

主要是蘇志強根本就不相信任何人，他很清楚母蠱對蠱師的重要性。柳氏注一生之力培養的最強大、也最重要的蠱蟲，她怎會甘心讓給他？何況柳氏以白玉蠱蟲為本命蠱，要是蠱蟲死亡，也會對柳氏造成巨大的創傷。與其詢問柳氏後讓她心生警戒，倒不如無預警出手將蠱蟲奪來！

看著重傷倒臥在地、卻一時半刻還死不了的柳氏，蘇志強淡聲說道：「阿姊，別怪我。既然妳經常說愛我，那麼能夠助我度過這次難關，重振魔教、一統武林的話，妳一定也是滿心歡喜的，對不？」

❀

在蘇志強吞下蠱蟲之際，白道與魔教的戰鬥已進行至白熱化的階段。

蛟龍幫雖然只是小幫派，在眾多武林門派中其實並不起眼。但因爲鄭偉明被蘇志強欺騙、從而與方悅兒他們結識。林易光看到以鄭偉明爲首的一眾蛟龍幫弟子進退有度，便對蛟龍幫的印象不錯，從而特別關照了幾分。

其他門派看到林易光的態度，對蛟龍幫也比以往來得客氣。蛟龍幫立即趁此機會擴展人脈，結交到不少門派。

然而鄭偉明並未因此被沖昏腦袋，他清楚這次舉辦武林大會的眞正目的，也明白蛟龍幫的斤兩。能參與討伐魔教這種大戰役，對武者來說的確是很光榮的事，但這對蛟龍幫來說卻又帶著很大的危險。

說白了，他們的武功都不高啊！

幸好鄭偉明與秦承耀私交不錯，在宛家期間，鄭偉明天天糾纏秦承耀，最終磨得秦承耀答應會讓明劍派在有餘力時關照蛟龍幫一番。

而鄭偉明也很識趣，只在蛟龍幫裡挑選幾名菁英隨大部隊前往戰場，並沒有理所當然地要明劍派照顧他們所有人。對蛟龍幫來說，他們只是想派一些人去鍍一鍍金，回來後能吹噓一下，說蛟龍幫也有參與大戰。

鄭偉明身爲蛟龍幫的少幫主，又是蛟龍幫與明劍派之間的橋梁，自然也在前往戰場的行列中。而他已打定主意，到時好好跟著秦承耀，鍍金之餘也要好好保護自己的小命。

秦承耀的內力雖曾被蘇志強吸走，可終究有著多年修爲，修練的進展自然進步神速。再加上這幾年的磨難對他的心性也有很大的提升，因此可說是因禍得福。雖然須要重新修練，但將來所獲得的成果想必會比原本應有的更高。

光是從他在蘇家獲救至今，不足一年的時間，秦承耀便已迅速讓內力提升至當年的三分之一，假以時日便會越過全盛時期的高度。再加上明劍派的武功以使劍爲主，對劍意的領悟比內功的修練更加重要。現在的秦承耀要對付魔教的一般弟子已是綽綽有餘，護住鄭偉明的小命是輕而易舉的事。

其實以明劍派的能力，絕對可以護住所有蛟龍幫的幫眾，然而蛟龍幫卻知情識趣地只派了幾名菁英同行，卻是讓明劍派看高了他們一線。

蛟龍幫並非不知道派出的人愈多，往後獲得的榮譽愈高。但明劍派畢竟只是友情幫忙，蛟龍幫的人雖然都是一群大老粗，卻還是知好歹的。

正因蛟龍幫的人知情識趣，因此秦承耀才願意帶一帶鄭偉明他們。不然他與鄭偉明的私交再好，也絕不敢把豬隊友帶到戰場上。

白道與魔教大戰時，明劍派頓時變成一把殺戮的劍，大肆收割著敵人的性命。鄭偉明便待在秦承耀身邊，趁對方在拉魔教仇恨值時偷偷在旁補刀，倒是玩得不亦樂乎。

因為有秦承耀護著，鄭偉明在戰場中如魚得水，甚至還有餘裕東張西望，正好便讓他目擊到方悅兒等人追著蘇志強的一幕。

鄭偉明見過蘇志強，雖然現在蘇志強留著滿臉鬍鬚，與他記憶中的樣子很不同，可是鄭偉明對人的體形特別敏銳，總覺得對方的背影十分熟悉。再加上對方被段雲飛與玄天門等人窮追不捨地追擊，他便知道那人身分一定不簡單，因而對此有所猜測。

偏偏此時正好被幾個魔教教眾纏上，待解決了那幾名敵人後，鄭偉明卻見段雲飛等人及那疑似蘇志強的人已經遠去。

「秦大俠，我剛剛好像看到段公子他們在追著蘇志強。」鄭偉明連忙指往蘇志強一行人離開的方向，分享他的驚人發現。

秦承耀順著鄭偉明所指的方向看去，卻已不見蘇志強的身影。雖然沒有親眼看到對方，可是秦承耀知道此事事關重大，若鄭偉明沒有十足把握是不會告訴他的。

男子聽到蘇志強出現在戰場中，被背叛、被殘害的記憶立時浮現腦海，頓時怒火中燒，衝動地便想要追上去。只是他很快想起自己的武功還未完全恢復，追上去不但幫不上忙，也許還會拖累到段雲飛等人，只得壓下親自報仇的衝動。

鄭偉明不知道秦承耀心裡的煎熬，繼續談論著那個疑似蘇志強的人：「光是段公子的出手就已經很恐怖了，追著蘇志強的人還有玄天門四大堂主，他們聯手應該很快便能把人宰了吧？你說，我們要不要把發現蘇志強的事情告知梅煜與蘇沐華？」

蘇家出了蘇志強這個白道叛徒，白梅山莊則有窩藏魔教的嫌疑。身爲家族與門派的領頭人，無論是蘇沐華還是梅熤，都懷著將功贖罪的心情投入這場戰鬥。

現在發現蘇志強的行蹤，而且對方還被段雲飛等人追著跑、看似沒有還擊之力。如果蘇沐華與梅熤能在誅殺蘇志強時趕過去出上一分力，即使無法立即洗脫與魔教勾結的嫌疑，但境況一定會比現在好很多。

鄭偉明雖然嘴上不說，其實對方悅兒等人是很感激的。雖說他們蛟龍幫受到了蘇志強的欺騙，可是有多少人能做到被人刺殺，還能理性地想著行凶者是否無辜？

因此鄭偉明不只一次慶幸，幸好當時他要對付的是方悅兒等人，而不是其他門派，不然蛟龍幫也許早就消失在江湖上了。

再加上蘇沐華與梅熤性格好，一直對鄭偉明很照顧，所以在看到蘇志強時，鄭偉明立即便想著要向兩人通風報信。

秦承耀聽到鄭偉明的話，想了想也覺得有理。他這段時間與蘇沐華他們相處愉快，雖然蘇沐華是蘇志強的獨生子，可這青年是個很好、與他父親完全不同的人。

即使秦承耀與蘇志強有著深仇大恨，也無法遷怒至蘇沐華身上，也不希望兩人因受到蘇志強的牽連而毀掉前途。

秦承耀知道蘇沐華與梅煜領軍的路線，推測兩人現在大約所在的位置後，他告知了同門一聲，便領著鄭偉明邊戰邊追去找人了。

❀

此時方悅兒等人尾隨著蘇志強，來到他躲藏的山洞，卻被魔教的人阻擋在山洞外。那些人武功不低，而且出手狠毒又不要命。最可怕的是，他們彷彿感受不到痛楚，即使受了傷仍像沒事人般繼續攻擊，直至失去性命或活動能力爲止。

「天呀！這還是人嗎？」連瑾躲開一名魔教弟子的攻擊。這人明明看似已傷重得倒在地上站不起來，卻是在地上裝死，待連瑾接近時突然從嘴巴吐出毒針要暗殺他。幸好連瑾輕功出類拔萃，並且戰鬥時警覺性高，這才避開這防不勝防的一擊。

雖然順利躲過偷襲，但當連瑾看到一旁的雲卓用劍反擊回去的毒針插中了那名魔教弟子，對方中針後立即全身發黑、瞬間斃命的模樣時，還是在心裡後怕萬分。

段雲飛見狀揶揄道：「你怕什麼？雲大哥不是把毒針擋回去嗎？即使你躲不開，那毒針還是射不中你的啦！」

連瑾道：「不是射不射得中的問題……我說這些人眞的是人類嗎？他們受了這麼重的傷還能戰鬥，也太可怕了吧！」

段雲飛笑道：「只是藥物的效果而已，這種程度，我猜寇秋也能夠辨得到，對吧？」

寇秋點了點頭：「可以，不過要使用藥物改變體質達到失去痛覺的效果，又不傷身體，這還須要再多研究。我想這種藥在魔教中，應該也是難得的珍貴祕藥才對。」

段雲飛頷首：「我曾聽說過這是教主用來訓練死士的藥物，這種藥掌握在歷代魔教教主的手裡……這麼說，這些人是彭琛的心腹手下，可現在卻爲蘇志強辦事？」

眾人聞言皆露出驚訝的神情。看著這些人拚命的架勢，他們顯然是爲了蘇志強而已置生死於度外，然而這些人，竟然曾經都是彭琛的心腹？

到底蘇志強在魔教中有著怎樣的身分地位？

段雲飛覺得自己在魔教那些年都白活了，明明已爬到副教主的地位，可現在卻發現，原來自己待了多年的魔教還有很多未知的謎團。

想到這裡，段雲飛的攻擊更加凌厲。他很想立即抓出躲在洞穴裡的蘇志強，逼問出心裡的諸多疑問。

段雲飛的劍強勢霸道，雲卓的劍法則是穩重樸實，方悅兒在兩人保護中進行小攻擊，還有隻小松鼠麥冬竄來竄去地擾亂敵人視線。

連瑾使用摺扇當武器，姿勢瀟灑飄逸。身為女生的幽蘭則手持一雙巨大彎刀，出手大開大闔地非常有氣勢。至於寇秋，卻是所有人之中出手最沒有火藥味的。他以指為武器，被他截斷經脈、或是吸入他撒出藥粉的敵人，皆無聲無息地倒下，完全失去戰鬥力。

眾人認識了這麼久，已對彼此的武功十分熟悉，合作起來也非常有默契。加上他們的武功本就高出敵人一截，雖然那些魔教教眾武功不弱，悍不畏死甚至能夠無視傷痛，可是眾人並沒有花費太多的時間，便消滅了阻攔在山洞前的敵人。

消滅這些阻礙後，眾人便焦急地想要往洞穴裡衝。雖然蘇志強躲藏的地方看似只是個尋常山洞，可是他們並不覺得對方會這麼蠢，給他們甕中捉鱉的機會。

再加上蘇志強派出心腹阻攔他們，可是他應該很清楚那些人並不是玄天門眾人的對手才是。他這麼做的目的，自然不是爲了消滅敵人，而是讓那些人爲他拖延時間。

眾人又聯想到蘇志強曾在蘇家設置地道，說不定這山洞也有著一條能夠逃出去的祕道！

這麼一想，方悅兒等人不得不焦急起來，就怕在他們與那些魔教眾糾纏時，蘇志強已從祕道逃之夭夭了。

然而他們想像的事並沒有發生，在打敗了那些魔教弟子後，還來不及闖進山洞，只見他們認爲應該已夾著尾巴逃走的蘇志強自己從洞穴走出。

眾人：「……」

打臉來得太快，他們感受到來自世界的深深惡意。

也不知是不是被蘇志強這不按牌理出牌的舉動唬住，段雲飛總覺得蘇志強進入洞穴的這段期間，似乎有些地方變得不一樣了。

似乎……氣勢突然變得很足的樣子？

六、形勢逆轉

雖然段雲飛不清楚爲什麼只是進了一會兒洞穴，便讓蘇志強從落荒而逃變成了一副天不怕地不怕的模樣，但這不影響他提高警戒。

一旁的方悅兒更是生出一種致命的危機感，她有著小動物般的敏銳直覺，現在只覺得自己像被野獸盯著的獵物一樣。可明明以雙方的戰力來看，蘇志強理應無法給予她這種危險的感覺啊！

不久前他們追著蘇志強跑時，對方還不會現在這樣讓她毛骨悚然！

少女心裡不安，忍不住伸手扯了扯段雲飛的衣袖。

段雲飛察覺到方悅兒的異樣，安撫地拍了拍她的頭，並將心裡的警戒提至最高。

即使從現在的情況來看，被他們聯手追擊的蘇志強根本沒有勝算。然而在魔教打拚多年、多次經歷生死的經驗告訴段雲飛，永遠不要看輕對手。因爲敵人不知道會在什麼時候趁自己輕敵時給予致命一擊。

也正因爲這份謹慎，讓段雲飛迎上蘇志強時迅速驚覺到不對！

蘇志強從洞穴出來後一反先前頹廢的模樣，嘴角泛著獰笑，舉起拳頭便揮向爲首的段雲飛。

敵人的拳頭帶起一陣炙熱的拳風，段雲飛立即察覺到蘇志強這一擊的威力超出了自己所能承受的程度！

心知自己硬碰硬必定會受傷，也幸好先前有所警惕，段雲飛在察覺到不對勁後立即退避，但被對方拳風掃到的部位卻有些隱隱作痛，不禁心裡駭然。

看到蘇志強志得意滿地攻向段雲飛，而青年略帶狼狽地避其鋒芒，方悅兒等人立即感到不對了。

四大堂主迅速將方悅兒護在身後，好在他們的反應快，才讓方悅兒不致被蘇志強抓住。然而四人聯手竟也不是蘇志強的對手，甚至武功較低的寇秋與幽蘭都負傷了！

方悅兒發現蘇志強似乎以她爲目標，立即警覺地抱住想要加入戰團的麥冬往後退。她知道自己的身分代表著什麼，在這種情況下，保護自己不添亂，讓自己不至成爲敵人用來威脅同伴的籌碼，才是對戰友最大的幫助。

少女眼見所有人加起來都不是功力猛增的蘇志強的對手，想到林易光的隊伍也在這附近，曾生出去找他幫忙的想法。畢竟林盟主的武功不比段雲飛差，只要找到他，林易光與段雲飛合力的話，說不定便能擊敗蘇志強了。

然而蘇志強現在最大的目標便是抓住方悅兒，用以威脅玄天門倒戈，又怎會讓方悅兒離開？

少女幾次試圖往外逃，都被蘇志強用各種方法阻止，雖然段雲飛與四堂主已想盡辦法護住方悅兒，但方悅兒還是受了些輕傷。要不是蘇志強要活捉她，說不定一開始她這個武功最差的人已率先被幹掉了。吃了幾次虧後，方悅兒便再也不敢輕舉妄動。

少女的武功雖然差，可是眼界卻是不俗。她看出蘇志強所使的招式與先前並沒有太大的差距，所以他的武功變得異常高強，並不是因爲練到了強大的武藝，而是一身內力突然大增了！

難道那個洞穴中藏著能夠增加內力的神丹？

不知道這藥效會不會有時間限制？

這麼想的人並不只有方悅兒。對蘇志強實力的提升感受最深的，就屬段雲飛。

段雲飛與蘇志強的內力原本在伯仲之間，因爲功法的相剋性，段雲飛一直以來都是把蘇志強壓著打。

可現在情況卻調轉過來，蘇志強的功法雖依舊被段雲飛剋制，然而因內力的增加，他已不再怕功法屬性的剋制！

內力在短時間有如此大的升幅，要說依靠自己修練是絕無可能。雖然蘇志強的功法能將他人內力吸收爲己用，但這種速成方法是把雙刃刀，吸收來的內力終究不是自己的東西，要是不提純轉換成自己的內力，終有天會出現問題。

像蘇志強這樣突然提升那麼多的狀況，若都是由吸收他人而來，那麼一定需要時間來消化這些不屬於自己的內力，斷不可能立即便投入戰鬥。

因此段雲飛也與方悅兒一樣，想著對方應是吃了什麼神丹妙藥，還很有默契地想著這藥效會不會有時段限制。

這麼想著，段雲飛便不與蘇志強正面交鋒，試圖拖延戰鬥。然而他發現這麼做竟如此困難。蘇志強的武功本就在江湖上位列頂尖，現在功力大增後，根本不是段雲飛想要拖延便能拖延得了的。他光在蘇志強的攻擊下保命，便已費盡所有心力。

武力值最高的段雲飛尚且如此，那麼四堂主所受的壓力可想而知。尤其是一照面便受了傷的幽蘭與寇秋，要不是同伴竭力維護，只怕現在已玉折蘭摧了。

正所謂一力降十會，即使段雲飛等人有著人數上的優勢，卻還是在蘇志強的攻擊下險象環生。眾人甚至已生出退意，無奈蘇志強卻不讓他們退卻，只要誰的攻擊稍顯疲弱，便會立即迎來他的凌厲攻勢。多次想要退卻不果，反而弄得一身傷後，眾人只得硬著頭皮繼續周旋下去。

然而武功不如人，他們在蘇志強的攻擊下也只能苟延殘喘。其實段雲飛他們這邊人數多，只要一哄而散，有些人還是可以逃得掉。只是如此一來，必定會有人被蘇志強擊殺。

理性來說，留下幾名同伴的性命雖然不忍，但至少逃得掉一個是一個。相反地，同心協力與蘇志強對抗，最終卻可能一個也逃不了。怎樣看來，也是前者比較「划算」。

然而包括眾人之中武功最高、最容易逃出生天的段雲飛，玄天門眾人也都選擇了並肩作戰，不捨棄任何一個同伴。

這選擇看起來很蠢，但段雲飛寧可當一個愚蠢地與同伴一起赴死的人，也不想成爲拋棄戰友求生的聰明人。

蘇志強完全無法理解段雲飛等人的堅持，但卻也正中他的下懷。他因爲吃下白玉母蠱而功力大增，可是段雲飛要逃的話機會還是很大。現在對方竟然留下來找死，那蘇志強自然是笑納了。

蘇志強的目標只有方悅兒，甚至只要對方活著就好，弄殘了也沒關係。至於多次阻礙他的段雲飛與四堂主，蘇志強更是下定決心要把人幹掉。這麼想著，他的出手愈發凌厲，更是集中力量對付五人之中最弱的寇秋與幽蘭。

蘇志強的拳頭虎虎生威，拳風帶著炙熱的內勁，讓段雲飛等人苦不堪言。段雲飛還好，體內的泫冰心法迅速運轉，還能勉強抵抗魔功的力量。然而四堂主卻已受到不同程度的內傷，體內累積的火毒更讓他們痛苦萬分，甚至影響內力的運轉。

蘇志強很快便找到重創敵人的機會，他逮著了個空隙，運足勁度一拳揮向幽蘭。蘇志強的拳頭附上他那霸道的內力，殺傷力絕不比神兵利器小。雖然幽蘭及時用彎刀格擋，但仍被那強大的力道打得狠狠甩出去！

摔倒在地的幽蘭噴出一口鮮血，顯然受了不輕的內傷，甚至那雙用特殊材料製成的彎刀，在蘇志強一擊之下竟出現明顯的裂痕。

可現在幽蘭已顧不上爲愛刀心痛了，眼見蘇志強把她擊飛後乘勝追擊，她想要迴避，然而卻傷重得一時之間站不起來！

「幽蘭，快跑！」方悅兒心焦如焚地喊道。

段雲飛等人立即上前支援，然而蘇志強這攻擊抓準了時機，一擊得手之後立即追擊上去，整個過程一氣呵成，眾人根本來不及救援。

即使心裡知道自己避不開這一擊，必死無疑，可是幽蘭卻是有心無力。嚴重的傷勢令她連站起來都很困難，更別說在蘇志強那必殺的一擊中逃跑。

就在幽蘭引頸待戮之際，卻聽到身後傳來驚怒的呼喊聲：「父親！住手！」

隨之便是一把長劍對著蘇志強擊飛而來，蘇志強冷哼了聲，揮手要將長劍擊開，卻在觸碰到長劍的瞬間感到體內魔功倏地停止了運轉。

內力的異樣只是轉瞬即逝，可卻讓蘇志強無法繼續下一步的動作。沒有內力的保護，蘇志強自然不能徒手抓劍，只得閃避開去。

蘇志強眼中閃過一絲疑惑，不明白這把長劍被做了什麼手腳，怎麼觸碰到長劍的瞬間自己的內力會無法運轉，甚至似乎有種要被吸走的感覺？

不過這想法瞬間便被蘇沐華竟膽敢對自己這個父親拔劍相向的憤怒所取代：

「你這個逆子！」

當梅煜與蘇沐華趕過來時，正看到蘇志強要對幽蘭痛下殺手的一幕。蘇沐華立即衝前阻止，橫擋在幽蘭與蘇志強之間。至於那把救了幽蘭的長劍，卻是梅煜所擲出的。只是長劍與蘇沐華阻止的叫喊聲同時出現，才讓蘇志強誤以爲向自己擲來的長劍也是蘇沐華的攻擊。

於是在自身不知情的狀況下，蘇沐華便爲梅煜揹了一次鍋……

蘇沐華一直很聽蘇志強的話，也許正因有與以往不同的對比，現在兒子的忤逆更加令蘇志強感到暴跳如雷。

在身分暴露、發現蘇沐華竟不再順從他時，蘇志強便曾生出把這個獨生子殺掉的想法。對蘇志強來說，兒子什麼的再生就有，既然不聽話還忤逆自己，與其讓他走到自己的敵對方、增加敵方勢力，倒不如幹掉這逆子。

現在蘇沐華再次的忤逆，使蘇志強又一次生起了殺心。只是想到那個在洞穴中傷重等待死亡的女人的最後請求，蘇志強難得耐著性子給予蘇沐華一個機會：「看在父子一場的份上，你現在就離開，我可以當沒有看過你。」

蘇沐華護在重傷的幽蘭身前，勸諫道：「恕難從命。父親，你收手吧！別一錯再錯了。難道你就這麼狠心，毫不顧及蘇家的榮耀嗎？你做了這種事，要蘇家在江湖上如何自處？權力與野心，就比不上我們這些親人嗎？我是你血濃於水的兒子，還有母親也在家裡等著你回去啊！」

蘇志強聽到蘇沐華的話，不但毫不動容，甚至還像聽到什麼很好笑的笑話般，露出忍俊不禁的表情：「蘇家？你還眞天眞地將蘇家視爲自己的責任嗎？那是我打從一開始就毫不在意的東西，之所以當蘇家家主，只是爲了在操控魔教的同時，作爲在白道的掩護罷。」

「至於王氏，你竟拿她來遊說我，也眞是太有趣了。誰都知道我根本就不喜歡那個寡淡又無趣的女人，要不是她識趣地選擇在佛堂中度過餘生，我早就讓她『病逝』了。」說到這裡，蘇志強更是忍不住笑了出來，完全不明白自己怎麼能生出這麼天眞的兒子。

蘇沐華生氣地反駁：「母親縱然有再多的不是，也爲了你生兒育女，你怎能這麼說她？」

蘇志強用著關愛智障的眼神看著蘇沐華：「王氏一直對你愛理不理，你就從來沒有任何疑惑嗎？」

被自家老爹的眼神弄得很心塞，蘇沐華心想他怎麼會沒疑惑，簡直是每天都在想爲什麼好嗎!?

然而即使他想破了頭，也想不出王氏爲什麼待他這唯一的兒子這麼冷淡呀！

王氏是個慈和的人，即使與蘇志強之間沒有任何感情，但以她的性格應該不至於會把婚姻的不幸遷怒到孩子身上才對。然而事實卻是王氏對蘇沐華愛理不理，雖然從沒苛待他，可卻像是對他沒什麼感情似的，冷淡得完全不像一名母親對待獨子該有的態度。

雖然蘇志強對他也很冷酷，但至少是恨鐵不成鋼而不喜歡他；至於王氏，卻是完全沒由來地冷漠。

現在蘇志強這麼說，難道王氏之所以會有這種態度，是有特別的原因嗎？

蘇志強看著自家兒子的眼神帶著憐憫與嘲弄，卻沒有爲他解惑的意思，只是施捨般地說道：「你走吧！我不殺你。」

就連被蘇沐華護在身後的幽蘭也勸說：「蘇公子，你離開吧！」

然而蘇沐華卻依舊不肯離開。蘇志強見狀深感不耐，一身殺意更是盡數釋放。蘇沐華頓感壓力大增，但仍是固執地護在幽蘭身前，因爲他知道只要自己一離開，身後這個少女便會立即沒命。因此他即便再難受，也硬撐著沒有退縮。

幽蘭看著擋在自己身前的青年，素來平淡的心盪起了波瀾。她與蘇沐華認識的時間並不長，平常也沒什麼交集，到底是什麼原因促使他把自己置身於危險之中，保護一個對他來說只是點頭之交的人？

是因爲道義嗎？是身爲蘇家家主的責任？還是因爲想要阻止父親一錯再錯？

蘇沐華的武功在同齡之輩中雖算不錯，但面對蘇志強便顯得不夠看，更何況他生性溫和，與走過刀山火海、雙手染滿鮮血的蘇志強相比，氣勢實在差距太多了，單是承受對方的殺氣，蘇沐華便已出了一身冷汗，身體更是不由自主地顫抖起來。

實在太可怕了！

僅僅是被父親充滿殺意的目光注視著，蘇沐華便感到一股死亡的氣息，覺得自己與死亡多麼地接近。

幽蘭看著明明害怕得顫抖、卻仍是護住自己的青年，她那雙淡漠的眸子中浮現出一絲興味。她心想，要是能安然度過這次危機，她想認識這個人、眞正地去了解他。

不過……也許她沒這個機會了。

爲什麼認識蘇沐華這麼久，自己就從不主動去與他說說話呢？

看了看已經忍不住要出手的蘇志強，幽蘭眼中的光亮逐漸熄滅了。

段雲飛等人不是不想去救人，只是他們怕這麼做反而會刺激到蘇志強立即出手。單看距離，蘇志強若出手，他們必定來不及救人，因此只能在旁邊乾著急。

蘇志強見蘇沐華仍是不肯離去，便不再顧忌，把兒子視爲敵人要取他的性命：

「既然你冥頑不靈，那便不要怪我不顧及父子之情了！」

就在蘇志強殺氣騰騰地要向蘇沐華與幽蘭出手之際，方悅兒卻喊道：「且慢！」

如果你現在對我的同伴出手，我便自盡給你看！」

利用自盡來威脅敵人，聽起來實在是很荒唐的事，偏偏蘇志強果真住了手。對方的舉動印證了自己的猜測，方悅兒心裡暗暗鬆了口氣。蘇志強顯然想要活捉她，這麼做的目的，十之八九是要利用她來控制玄天門，因此她的生死對蘇志強來說十分重要。

現在蘇志強的武功是很強大沒錯，可在對方抓住她以前，難道她連自盡也做不到嗎？

見自己的威脅有效，方悅兒更交代道：「如果我死掉的話，阿飛你立即離開這裡，讓雲大哥他們斷後。只要能把援軍帶來，我就不信你與林盟主聯手，還有白道那麼多江湖好漢在，會打不過一個蘇志強！」

段雲飛與四堂主等人即使心裡再不贊同，也不會在這種時候拆方悅兒的台。

方悅兒這番話讓蘇志強又驚又怒，隨即又聽少女說道：「其實這次玄天門之所以隨同白道眾門派前來青雲山，只是想詢問蘇大俠有關於我娘親宛清茹的死亡眞相。只要你告訴我們，玄天門便願意與你合作，讓魔教度過這次的難關。反正我們玄天門從來就不參與江湖上的紛爭，本就無意插手白道與魔教的戰鬥。要是你不放心，在合作的過程中，我可以作爲人質留下來。」

方悅兒這番話完全說中了蘇志強的心思，雖然他有信心抓住方悅兒，可是對方一心求死的話還是一個麻煩。何況現在要抓住方悅兒，至少要把四堂主都廢了殺了，可是這麼好用的「勞動力」殺了實在可惜。只要他有方悅兒在手上當人質，四堂主還不乖乖聽他的話？

不過蘇志強卻沒打算立即接受，雖然他外表是個豪爽的漢子，但性情卻非常狡猾多疑：「妳說的是眞的？只是妳既然把妳娘親的死聯想到我身上，應該是猜測我是殺掉妳娘親的凶手吧？這麼一來，妳還敢說是眞誠地想與我合作嗎？」

方悅兒解釋：「一開始的時候，我的確猜測你是殺死我娘親的凶手。當年娘親遺失了一本不知名的武功祕笈，隨即便身中蠱毒。我們猜測那本遺失的祕笈是烈陽神功，而你正好修練了魔教的魔功，你的姊姊柳氏擅蠱，因此我們猜測你與柳氏是害死我娘親的眞凶。」

見蘇志強露出嘲諷的笑容，方悅兒視若無睹地續道：「可後來我知道自己想差了。」

蘇志強終於被勾起了興趣：「哦？」

一旁的雲卓等人一直認爲蘇志強是害死宛清茹的凶手，現在聽到方悅兒對此事竟有著不同的想法，不禁露出訝異的神情。

方悅兒解釋：「我們起初都猜測，娘親利用密語抄錄的祕笈是烈陽神功，而你修練的烈陽神功便是由此而來。可是根據我的觀察，你在魔教有著很大的話語權，甚至能驅使彭琛的心腹，與魔教並不像是單純的合作關係。我猜你修練的烈陽神功也許是直接從魔教獲得，而非從我娘親手中偷取。」

方悅兒頓了頓，續道：「而且娘親利用密語抄寫的武功祕笈，就只有小姨宛清芸看得懂，因此小姨有份參與的可能性很大。小姨是個不懂武功的普通人，她會這麼做的原因，大多是爲了那個她曾帶回宛家、令她深深愛上的青年。聽說那個被我家小姨愛上的男人，是個眉清目朗的俊美男子……雖然我沒看過你年輕時的模樣，不過應該稱不上是美男子吧？」

即使身處性命受到威脅的緊張情況之下，眾人聽到方悅兒這番話還是忍不住想笑。

見蘇志強壯得像頭熊的身材，別說眉清目朗了，他年輕時大概也只有「虎背熊腰」可以形容吧？

要說他憑美男計誘惑宛清芸，也實在太爲難他了。

七、威脅

蘇志強並不是個著重容貌的人，方悅兒的一番話不但沒有讓他惱羞成怒，反而還因少女的敏銳而有些欣賞。

即使方悅兒不以此作爲與他合作的要求，當蘇志強得知玄天門一直追擊自己的原因，竟是因把宛清茹的死歸咎到他身上後，他也打算將事情交代清楚。畢竟蘇志強的確如方悅兒所猜想的那樣，根本就與這件事無關。雖然他不畏懼玄天門的憎恨，可是卻不爽替別人揹黑鍋。

「妳說得對，妳娘親的死根本就不關我事，害死妳娘親的人是梅青影與我阿姊。」蘇志強道。

「咦!?」

事情與柳氏有關這點，眾人早有所猜測，畢竟擅長蠱術又與魔教有關聯的人就只有她而已。然而梅青影……梅莊主竟是知情的？

眾人不約而同地把視線投放在梅煜身上。

與蘇沐華一起趕來後，除了一開始擲出長劍救了幽蘭的性命，便一直沒什麼存在感的梅煜，突然成了焦點，不禁被眾人的眼神嚇得小小退後了一步。

雖然梅煜很想爲自家父親辯護，可蘇志強犯不著騙他們。再加上梅煜很清楚自己的父親並不如他對外所表現的那般清高，反而還是個很無情、很有野心的人，因此這些事若是他主導的話，梅煜也並不驚訝。

蘇志強不懷好意地看了梅煜一眼，便道：「當年梅青影吃著碗裡，看著鍋裡，與宛家的二小姐勾搭上，騙得那個涉世未深的小姑娘對他死心塌地。那個宛家姑娘也是個傻的，梅青影說什麼她都相信，還把宛清茹抄錄了一本武功祕笈的事情也告知了梅青影，最終被梅青影哄得在她姊姊的食物中混入『迷藥』，將人迷暈後把祕笈偷出。卻不知道她餵給自家姊姊的迷藥，其實是能要人命的蠱毒。」

方悅兒聽蘇志強說到這裡，已大約能想像當年的事到底是怎麼發生。少女壓抑著心裡盛怒的情緒，說出口的語氣卻是出乎意料地冷靜：「那時柳氏已知道了小姨的存在？蠱毒是她交給梅青影的？」

方悅兒覺得自己彷彿分裂成兩半，心裡的怒意彷彿一團烈焰般在熊熊燃燒著，然而思緒卻又冷靜得不可思議。

因爲從小便沒有了娘親，方悅兒本以爲娘親留給自己的其實只有一個模糊的印象，應該不會有多深的感情。然而現在終於得知娘親的死亡眞相後，方悅兒這才發現自己對這件事比想像中在意得多。

說有多悲痛其實稱不上，但終究是對於人生早早便失去了母親有著遺憾吧。

方悅兒冷靜的表現令蘇志強有些訝異，不過他對此並未在意。知道玄天門要抓捕他的目的後，蘇志強表現得很合作，反正宛清茹的死也確實沒有他的參與：「是的，如果玄天門願意與我合作，幫忙打退侵犯我教的敵人，那麼我可以將我阿姊交出來隨你們處置。」

想著柳氏被自己重創，說不定已經斷了氣，蘇志強果斷把人賣了。

方悅兒問：「你到底是誰？魔教的事你能全權作主嗎？要是你誠心與我們玄天門合作，你總要對我們透個底吧？」

先前蘇志強爲了隱藏在白道之中，一直無人知曉他在魔教中的身分。可現在他已經被白道烙下「叛徒」的烙印，那麼他的身分也沒有隱瞞的必要了。因此蘇志強直接亮出他的底牌：「我就是魔教教主啊！一直都是我，從來沒有彭琛什麼事。」

見眾人露出驚訝的神情，蘇志強顯然很受用，雖然讓彭琛來當魔教明面上的教主是他自己一手安排，然而對充滿權力慾的蘇志強來說，終究有種自己的身分被人佔用的鬱悶感。

蘇志強解釋：「我是蘇家的庶子，有著身爲嫡子的兄長壓著，再加上嫡母不慈，因此留在蘇家便不會有我出頭之日。於是我年紀輕輕便離家拜師學藝，有幸被前任教主挑選爲弟子，並且在多次考驗後內定爲繼任人。還記得那個鬧鬼的傳聞嗎？當我繼任教主之位時，正好聽到本家的兄長寵妾滅妻，妻子最終跳井自盡的消息。我便把主意打到蘇家家主這位子上，做些手腳讓蘇家本家的子孫死絕，再推到鬼魂作祟之上，果然沒有引起任何人懷疑，最終讓我得以繼承蘇家家業。」

方悅兒問：「所以，彭琛其實只是一個傀儡教主？」

「彭琛是我的師兄。連同他在內，我們一共有六個師兄弟，只是最終我被選上當教主，那些人便沒有用處了。烈陽神功是只有教主才有資格修練的功法，於是我便把其他人都處理了。」蘇志強冷酷地說道：「那時連天意都站在我這邊，我與阿姊重逢了。她擅長用蠱，身上還有一隻能被白玉母蠱完全操控的子蠱。阿姊把子蠱送了給我，我將牠下在師兄弟之中武功最強的彭琛身上後，這才留下彭琛一命。有了母蠱的控制，即使彭琛的武功再高，也不怕他生出異心而反噬。」

方悅兒頷首表示了解，隨即又想起曾看過有關魔教覆滅時的資料，問：「當年蘇家是白道消滅魔教時最早攻進去的一批，那時你之所以急著衝進去，是趕著去把彭琛滅口嗎？」

蘇志強理所當然地說道：「當然，既然魔教已經保不住了，蘇家又發展得不錯，我自然是要棄卒保車了。雖說有蠱蟲控制，但誰知道白道那邊有沒有什麼手段逼彭琛說出我的身分？自然是死人更能保守祕密。不過我並未對魔教的勢力完全死心，畢竟沒有魔教這強大的敵人在，白道那些小門派也就沒必要捧著蘇家了。蘇家之所以發展得那麼迅速，很大原因是魔教存在的關係。何況瘦死的駱駝比馬大，魔教殘餘的勢力還是很有利用價值。」

蘇志強說到這裡，看了看段雲飛，遺憾地說道：「可惜在我找到彭琛前，他卻被你打下懸崖生死未知。不過看他失蹤了這麼久，大概已經凶多吉少了吧？」

看到蘇志強的表情，眾人都不禁抽了抽嘴角。心想：你在遺憾什麼？遺憾沒有達成把所有師兄弟全部親手幹掉的成就嗎!?

「那白梅山莊那邊又是怎麼一回事？梅莊主知道你的身分嗎？」方悅兒爲梅煜問出他想要知道的眞相。不得不說他還眞倒楣，一家子都與魔教有勾結，現在還與魔教當起了鄰居，實在是掉到水裡洗也不清了！

爲了梅煜好，也爲了還白梅山莊其他人一個清白，方悅兒須要蘇志強把白梅山莊的事交代清楚。

對此蘇志強並沒什麼意見，反正一開始他都把人賣了，也不在意賣得徹底一點：「我是先找到失散多年的姊姊，再透過我姊與梅青影合作……」

隨即蘇志強便把梅青影做過的破事盡數道出，其中包括不少江湖上還未找到凶手的懸案，還有多次找殺手刺殺林靖也有他的份。

方悅兒與段雲飛曾夜探白梅山莊，當時搜出那封沒署名收件和寄件者、落款位置就只有一個記號的信件，就是蘇志強寫給梅青影的。

把梅青影賣個精光後，蘇志強以他與梅莊主對林家的觀感作結：「我們一直想把林家拉下來，讓蘇家取而代之。頭上總是有林家壓著實在讓人不爽，更令人不爽的是，林易光那個老匹夫總是閉關，壓在我們頭上的人就變成林靖那黃口小兒，這讓我們怎能服氣？他們讓我們不高興，我們也不會讓林家好過！」

聽到蘇志強那些針對林靖的想法後，方悅兒都要爲林靖叫屈了！

這算什麼事情呀？

林靖被自家老爹賣勞力，工作都推給他已夠苦了，結果就是因爲當了林盟主的苦力，才引起他人不滿而不停被追殺嗎？

林易光這個爹，還眞坑兒子！

方悅兒不禁慶幸林靖不在現場，不然聽到蘇志強這說法，說不定會委屈得忍不住哭了吧？

確定白梅山莊與魔教的關係後，隨即方悅兒又詢問：「那當年闖進林家打傷阿飛的人，眞的是你囉？」

對這問題的答案，其實方悅兒覺得是十拿九穩了，她只是想再確定一下。

蘇志強對此並沒有否認，也絲毫不在意段雲飛聽到他的回答後所顯露的殺氣：「對，那時候收到消息，林家擁有泫冰心法的上卷，我這還怎麼坐得住？雖然只有上卷，可泫冰心法是唯一可以壓制魔功的功法，我自然要在危險萌芽時把它扼殺掉。」

說罷，蘇志強鷹隼般的視線盯著方悅兒，道：「我把妳要求的事都交代清楚了，現在方門主是不是應該履行妳的承諾，與我教合作，驅逐這些來犯的白道門派？雖然現在魔教已沒有昔日輝煌，但難得方門主過來作客，我們一定會好好招待妳的。」

眾人聽到蘇志強的話，神情再次變得很難看，並充滿擔憂地看向方悅兒。雖然對方的話說得很客氣，可是大家都聽出他潛藏的意思。

蘇志強是要方悅兒自願當人質，好確保魔教與玄天門的合作。

其實對玄天門來說，確定了蘇志強與宛清茹的死無關後，他們便沒有與魔教作對的理由。如方悅兒先前所說，玄天門一直游離於武林外，雖然還未到隱世門派的地步，但也與武林其他勢力並沒有太大牽扯。

即使魔教作惡多年，但其魔爪還未伸到玄天門過。因此對於玄天門來說，倒並沒有絕對要消滅魔教的理由。

更何況蘇志強現在武功大增，他們就更沒必要拚死與對方對著幹。

至於與蘇志強有著確實仇怨的段雲飛，雖然他恨不得立即把蘇志強大卸八塊，可現在的他打不過對方，也只能服軟了。

後來趕上的蘇沐華與梅煜，就更加不被蘇志強放在眼裡了。對他來說，這兩人是如同螻蟻般的存在，既然方悅兒想要留下他們的性命，那麼賣對方一個面子也無不可。

然而蘇志強這麼好說話，一切也在玄天門能夠對他有所幫助的前提上。要是方悅兒無法履行她的諾言，只怕蘇志強立即便翻臉大開殺戒了。

「蘇教主你多慮了，我說過的話當然算數。」方悅兒改變了對蘇志強的稱呼，對此蘇志強顯然感到很受用，神情也緩和了不少，可是視線卻依舊鎖定著方悅兒。只要少女有任何攻擊或逃跑的舉動，他便會立即對她出手。

雖然眾人理智上知道這是最能保全這裡的人的最好做法，可是在情感上卻讓他們難以接受。尤其是四大堂主，他們一直以守護方悅兒為己任，現在卻只能眼睜睜看著少女爲了他們涉險。

方悅兒抱起麥冬，把小松鼠交到雲卓手中：「雲大哥，麥冬就拜託你暫時幫忙照顧了。」

雲卓無語地張了張嘴，心裡在嘶吼著。

妳爲什麼要這樣做!?

明明、明明當年我們就發過誓，從此以後就由我們來保護妳的！

可爲什麼，每次到了緊要關頭，卻都是妳反過來保護我們？

爲什麼，總是悅兒妳來爲別人犧牲？

已經夠了！妳可以自私一點的！

別再爲了我們……爲了我們……

雲卓想要阻止方悅兒，他想讓少女立即逃走，他們四堂主會爲她拚命拖住蘇志強。然而就在他要說出口前，見他遲遲不把麥冬接過的方悅兒便把小松鼠塞進他懷裡，隨之更從自己懷中取出一個荷包揚了揚，道：「麥冬的丹藥也吃完了，雲大哥你記得餵牠吃喔！」

荷包隨著方悅兒擺動的動作而搖盪，輕飄飄的模樣一看便知這荷包是空的。荷包傳出一股清香的氣味，在方悅兒揚動時香味更甚。

除了四堂主，嗅到這股氣味的人無一不感到精神爽利，不禁想著放在裡面的到底是什麼丹藥。這藥香嗅起來便知不是凡品，用來餵松鼠眞是太浪費了！

雲卓看到方悅兒遞出的荷包時，神色一變，隨即伸手接過荷包，伸出的手還在微微顫抖。

不只雲卓，其他三名堂主看到方悅兒取出荷包、說丹藥都吃光時，皆不約而同地神色大變，似乎看到什麼讓他們震驚的事。然而蘇志強的心思都在感慨玄天門的財大氣粗，又想著控制方悅兒後會怎樣獲得更多的利益，倒是沒有太在意雲卓等人的異樣。

「丫頭，妳別幹傻事！」見方悅兒是眞要與蘇志強合作，爲了保護大家而自願當人質，段雲飛立即不幹了！

然而在段雲飛想要不顧一切地衝上去時，連瑾卻使出輕功掠到他身旁，迅速拉住了他：「你要相信小悅兒！」

段雲飛怒不可遏地低吼：「你別阻止我！難道你們就這麼眼睜睜地看著丫頭落入蘇志強的手中嗎？」

說罷，段雲飛便用力掙脫連瑾的手，甚至連內力都用上了。

「阿飛，住手！」方悅兒難得嚴厲地喝住段雲飛的前進。因為一雙水汪汪的無辜杏眼，再加上未語已帶三分笑的可愛長相，少女總是顯得很好欺負。

可是當她淡定肅起臉時，卻自有一股凜然的貴氣壓住那過分軟綿的長相，使她整個人變得凌厲起來。

即使武功不行，可方悅兒終究是玄天門之主！

段雲飛還是首次看到少女這麼有氣勢的模樣，一時間被對方鎮住了。

只聽方悅兒說道：「我已決定與蘇教主合作，你既然入了我玄天門，就要聽從門主的決定。」

段雲飛怒吼：「狗屁的合作！即使把我踢出門派，我也不能眼睜睜看著妳就這麼受制於人！」

然而方悅兒卻只是搖了搖頭，隨即從腰間拔出一把匕首，並將匕首架在自己的脖子上：「就像我先前對蘇教主說的那般，阿飛，當一個人決心尋死時，別人是很難阻止的。」

方悅兒用的是那把在宛清茹房間找到的匕首。自從發現這把曾被宛清茹貼身帶著多年的匕首，方悅兒便隨身攜帶著它，作爲對母親的想念。

想不到，卻在這種情況下用上了。

這匕首非常鋒利，再加上方悅兒想威嚇段雲飛，把匕首架在頸項時還用了些力道，瞬間便把皮膚割破。

方悅兒的皮膚本就特別細嫩，鮮紅的血液在雪白肌膚上更加觸目驚心，段雲飛看到少女竟然眞的傷害自己，立即不敢動了。

眾人都被方悅兒的動作嚇了一跳，看到方悅兒取出匕首時，四堂主都嚇得心臟怦怦亂跳。蘇沐華更是忍不住驚呼了聲，梅煜則是眼中精光一閃，神色莫名。

自從修練了泫冰心法，段雲飛已很久沒有這種無力感。他本以爲憑自己現在的武功，一定能夠保護自己，也保護自己重要的人。

可現在看著自己心愛的人一步步走向危險，他卻無能爲力，彷彿回到了當初，變回那個被烈陽神功火毒所折磨，那個可憐又卑微的自己。

相較於段雲飛等人又是焦躁又是心疼的情緒，蘇志強卻是完全相反的好心情。

看著方悅兒朝自己走來，蘇志強便覺得自己正一步步走向權力的巔峰。

只要能掌控方悅兒，只要玄天門為他所用……

那麼，重振魔教絕對指日可待！

八、反敗為勝

在充滿壓抑的氣氛下，方悅兒來到蘇志強的身邊。

此刻方悅兒已進入蘇志強的攻擊範圍，這也是段雲飛等人來不及救援的距離。只要蘇志強一動作，立即便能奪走方悅兒的性命。

雖然實力有著壓倒性的優勢，又有方悅兒的承諾在，可是蘇志強一直沒放鬆戒備。他很清楚玄天門的合作並沒有任何真心，只要情況許可，對方必然會反悔。

直至方悅兒來到身邊，蘇志強一直緊繃的心這才稍微放鬆下來。

就在這瞬間，異變倏生！

方悅兒原本架在脖子上的匕首瞬間劃向身旁的蘇志強，這突如其來的攻擊讓他驚訝萬分。

除了傷重得無法動彈的幽蘭，三名堂主彷彿早已預料到方悅兒的動作，在少女動手瞬間也立即做出反應，同時向蘇志強攻去！

蘇志強想不到方悅兒這個在武林中出名的廢人，竟會不怕死地攻擊他。少女出手的速度很快，再加上兩人距離很近，防不勝防之下，蘇志強想要避開卻已來不及了。

不過男子並未有絲毫擔心，他知道方悅兒的武功有多差，要不是她握著利器，自己連閃避的心思都不會有。

即使現在對方手持武器，而且那把匕首也不似凡物，可蘇志強卻不畏懼。蘇志強迅速以內功護體，他相信方悅兒頂多只會讓他受些皮外傷，畢竟再好的武器，也要有相應的實力才能發揮。

當方悅兒把匕首劃向他面前時，蘇志強看著這軟趴趴的力度都想乾脆不理會算了。不過少女用的武器很銳利，蘇志強也不想太過自信，能不受傷的話還是不受傷得好。於是他仰頭避過這迎面劃來的一擊後，舉起手便要抓住方悅兒。

然而此時，蘇志強卻感到仍未痊癒的舊患部迎來一陣強烈衝擊，頓時痛得他眼前一黑。

原來方悅兒劃出的匕首只是虛招，她趁蘇志強閃避匕首時左手擊出一掌，這隨之而來的一掌才是真正的殺著！

方悅兒這一掌的力度十分強大，而且伴隨而來的霸道內力還結結實實地重傷了蘇志強，蘇志強「嘩」的一聲吐出了口鮮血！

蘇志強無法置信地盯著少女，剛剛對方的一掌內力深厚，絕不遜於四堂主，甚至可能還超越了！可是他確定方悅兒的武功是眞的不好，難道少女也像他一樣，找到了強行提升功法的方式!?

然而蘇志強已顧不得去追究方悅兒爲何會突然功力大增，他在沒有防備之下被蘊含強大內力的一掌狠狠擊中，傷勢非常嚴重；一旁還有段雲飛等人虎視眈眈，頓時情勢逆轉，現在他再不逃，只怕眞的要命喪此處了。

蘇志強正想要逃跑，便見剛剛突然功力大增的方悅兒臉色變得煞白，隨即雙目一閉便暈倒在地。

前一秒才在方悅兒手上吃過虧，蘇志強一時之間不知對方是眞暈還是又挖了一個陷阱等著他踩進去。蘇志強猶豫片刻，還是決定賭一把，先抓住少女再說！

就在蘇志強把手伸向方悅兒之際，其他三名堂主已欺身靠近。蘇志強雖已是強弩之末，但是身上同樣負傷的雲卓等人卻比他好不上多少。一時間戰況非常慘烈，他們用以傷換傷的方式才能護住自家門主。

此時反應過來的梅煜也趕來了，他的武功原本相較於四堂主及蘇志強，可謂完全不夠看，然而在眾人都一身是傷的狀況下，毫髮無損的梅煜反倒成了武力值最強的人。

蘇志強知道自己再糾纏下去討不了好，這次的計畫顯然失敗了。他是個決斷的人，立即便捨下方悅兒等人轉身就逃。

然而他才剛轉身，胸口立即感到一陣劇痛，視線撞上段雲飛那充滿殺意的赭紅色眼眸。

蘇志強緩緩低下頭，入目所見是段雲飛的佩劍狠狠刺穿了自己的心臟。

難怪連梅煜都趕來了，段雲飛卻不見蹤影，原來他早已在身後伺機而動……

段雲飛按住蘇志強的肩膀，抽出插入對方體內的長劍。已斷氣的蘇志強摔在地上，表情停留在一臉的無法置信，雙目睜得大大、死不瞑目。

青年確定蘇志強真的死得不能再死之後，立即上前查看方悅兒的狀況。此時寇秋已為方悅兒做了初步的診斷，見段雲飛焦急的模樣，安慰道：「放心，門主大人只是有些虛脫。」

四堂主的模樣很鎮定，而且似乎對於方悅兒連串的變故明顯心裡有數，段雲飛見狀於是詢問：「你們是知道丫頭她怎麼了嗎？她爲什麼會暈倒，而且內力突然變得這麼渾厚？」

四堂主互相交換了個眼神，最終連瑾說道：「這件事還是待小悅兒醒來之後，讓她親自告訴你吧。」

雖然段雲飛似乎並不在意小悅兒的武功差，可是現在她……連瑾覺得這事應該由方悅兒親自告訴對方。

寇秋迅速確定方悅兒沒有大礙後，立即爲幽蘭的傷勢做緊急處理。幽蘭是這次傷得最重的人，雖然傷勢並不致命，但也要好好休養一段時間，不然只怕會傷及根本。

方悅兒一行人傷的傷、昏迷的昏迷，他們得找個地方好好休息一番。再加上蘇志強已被誅滅，他們相信白道這方有林盟主帶領，應該出不了亂子。

雖然害死宛清茹的其中一名罪魁禍首柳氏還未找到，但既然已得知當年的眞相，要找出柳氏這個被白梅山莊離棄、又沒有武功的女子，理應不難，他們也不急於這一時。

畢竟活著的人比死人更加重要，要是只顧著復仇而讓方悅兒出了什麼意外，相信宛清茹在九泉之下也不會高興。

因此向蘇沐華及梅煜交代了聲後，玄天門一行人便先行離開了戰場。

至於蘇沐華與梅煜卻沒有急著離開。蘇志強這個真正的魔教教主被誅殺，他們身爲目擊者，總要留下來向其他門派交代。何況他們身上還有著與魔教勾結的嫌疑，即使他們自己不在意，也要顧及門派與家族的聲譽。他們參與了消滅蘇志強一事，便是洗白自己的好機會。

蘇沐華來到蘇志強屍首旁，闔上對方睜大的雙目。

他對蘇志強的心情很複雜，從小對方便因他學武的資質普普而不喜歡他，可蘇沐華並未因此有怨，只覺對方是望子成龍，是無法達到父親要求的自己不好。

雖然父子倆感情不深厚，可蘇沐華一直將父親視爲自己的榜樣，想成爲像蘇志強那樣能肩負起蘇家、頂天立地的男子漢。

然而當蘇志強的眞面目被揭穿後，蘇沐華才知道自己的父親其實是個笑裡藏刀、凶殘成性的野心家。他甚至利用他人對自己的信任進而囚禁對方、吸取他們的內力爲己所用。

這完全顚覆了蘇沐華對蘇志強原有的認識，後來蘇志強還多次想要取他性命，本就不深厚的父子之情在這段時間都被消磨得差不多了。只是親眼目擊對方死去，蘇沐華心裡還是感到非常悲痛。

蘇沐華闔上蘇志強的雙目後，心裡久久無法釋懷。要是蘇志強顧及他們這些親人，也許就不會走到現在這種地步了。不知在死前的一刻，蘇志強有沒有後悔過？

梅煜默默看著蘇沐華將蘇志強的屍體整理一番，也不知是否因對蘇志強牽連了白梅山莊而心裡有所怨懟，平常樂於助人的他，整個過程中都沒有上前幫忙。

待蘇沐華將蘇志強的儀容打理妥當後，梅煜道：「聽雲堂主離開前提及，蘇志強在進入洞穴後出來便武功大增。我想進去山洞查看一下裡面到底有什麼特別之處。你要一起進去嗎？」

洞穴裡藏著的有可能是機緣，也可能是不明的危險，福禍難料。現在蘇沐華不想再接觸關於蘇志強的事，無論山洞裡的機緣是什麼，他都沒有絲毫興趣。

只是蘇沐華很擔心梅煜會在裡面遇上危險，然而一起進去的話，卻覺得自己的武功並不比梅煜強，要是眞有致命危險說不定也幫不上忙。倒不如守在洞口，要是梅煜出了什麼事，他也好看情況是進去救人還是去求救。

於是他便搖首說道：「不了，我在外面等你。」

「你啊……」梅煜察覺到蘇沐華的心思，對於對方不但對洞穴中可能的機緣絲毫沒有覬覦，甚至主動提出守在外面的體貼感到很貼心。

記得初遇蘇沐華時，他還是一個無憂無慮的紈褲子弟，最大的煩惱大概便是心儀的許冷月不理會自己。然而經過多番變故，蘇沐華不知不覺已成長爲一個有擔當的人，唯一不變的，也許便是他那顆充滿眞誠的赤子之心吧？

梅煜領受了蘇沐華的好意，進入山洞內。然而洞穴裡沒有武林祕笈，也沒有致命機關，只是一處安置了家具、布置成起居室般的臨時居所而已。

山洞中唯一特異之處，是有個倒臥在血泊中的女子。從出血量能看出她受了致命的傷，這傷卻不致讓她立即死去。她顯然在受傷後曾想出去求救，地上拖行出一條長長的血跡。

梅煜有些訝異地挑了挑眉，這個在山洞中重傷命危的女子，竟是被蘇志強帶走的柳氏。

梅煜蹲下身，把伏在血泊中的柳氏翻過來，看到她腹部傷口後嗤笑道：「還以爲蘇志強對妳有多情深，原來也不過如此嘛！他冒險把妳帶走，是捨不得妳體內的白玉母蠱吧？」

梅煜此時竟沒了往常溫文爾雅的模樣，臉上滿是諷刺。而且他的話裡，似乎對柳氏的事所知甚詳。

此時柳氏已出氣多、入氣少，她感到生命隨著鮮血一起流逝，身體變得愈來愈冷。柳氏奮力撐起沉重的眼皮，過了好一會兒，才認出身旁的人是她的庶子梅煜。柳氏雙目一亮，也許因爲有了盼頭，又或者是迴光返照，她感到原本渾沌的思維變得清晰起來。

雖然柳氏與這個庶子素來不親，可是她自認很清楚梅煜老好人的性格，只要她說得淒慘一些、再拿捏著親情來說項，這個被她苛待的庶子應該不會忍心拒絕她的請求，會願意好好照顧她的長暉。

生命到了盡頭，柳氏最大的牽掛便是她的兒子梅長暉。雖然柳氏稱不上是好人，可是她的心裡面仍有著柔軟的地方。含辛茹苦地養育長大的兒子，是她最捨不得的存在。

「煜兒……我……我快不行了……求你看在與長暉的血緣份上，在我、我死了以後……好好照顧他……」瀕死的柳氏聲細若蚊，斷斷續續地懇求。

柳氏本以為她人都要死了，這最後的請求對梅煜來說只是舉手之勞，梅煜理應不會拒絕。然而她說罷，梅煜並未像她想像般地允諾會好好照顧梅長暉，而是用意義不明的眼神盯著她看。

柳氏焦急得很，在梅煜的注視下感到有些不安。

此時外面傳來蘇沐華的呼喊聲：「梅大哥，你還好嗎？」

梅煜回答道：「我沒事！」

聽到蘇沐華的聲音，柳氏沉默半晌，隨即用著破釜沉舟的語氣說道：「煜兒，外面的人是沐華嗎？其實……其實沐華是我的親生兒子……叫他過來吧，我想見見他……」

梅煜聞言不禁訝異：「怎麼可能!?」

柳氏道：「我的阿母與志強的阿爹都是二婚，我、我們並沒有血緣關係……我們族人只要沒血緣，便可、可以在一起……只是……只是你們這裡的人不一樣……我們的感情並不被世俗所接受……繼父、繼父下令要我們分開……還把我遠遠送去柳家……後來我與他重逢，夫君又對不起我……我一怒之下便……不久後我就有、有了身孕……」

說到後來，柳氏已不停地喘息，無法繼續說下去，只是梅煜已明白柳氏的意思。

柳氏與蘇志強是沒有血緣關係的姊弟，兩人相戀，這在較開放的外域民族也許不是什麼大不了的事，可對蘇家來說卻稱得上是亂倫了。蘇父不許他們的感情發展下去，便把柳氏遠遠打發到柳家生活。

於是兩人不得已分開，然後各自嫁娶。柳氏嫁給了梅莊主，生下了長子梅長暉。只是後來梅莊主與梅煜的娘親相戀，兩人還珠胎暗結有了梅煜這個庶子，對柳氏來說，這是背叛了她的信任。就在此時她重遇蘇志強，彼此舊情復燃，有了蘇沐華這個兒子。

只是那時兩人都已各自成家，自然不能在一起。於是柳氏便趁著梅莊主偷養外室一事與他吵鬧起來，藉此負氣離開白梅山莊，偷偷把孩子生下來。這件事也成了江湖中人盡皆知的八卦。

蘇志強將柳氏所生的孩子抱回家，對外說是夫人王氏所生的孩子。這也難怪王氏舉止這麼奇怪，不僅與丈夫感情冷淡，就連對自己的「獨生子」蘇沐華也冷冰冰的，因爲蘇沐華根本就不是王氏的兒子！

這麼想來，王氏這些年來雖然對蘇沐華不親，可是也從沒把自己的怨恨發洩在這無辜的孩子身上，實在是非常厚道了。

現在柳氏突然道出蘇沐華的身世祕密，是看準蘇沐華那個傻小子重感情，要是知道梅長暉是自己同母異父的兄弟，一定會好好照顧他，對吧？

梅煜頷首道：「我明白了，原來蘇公子與兄長是同母異父的兄弟啊……」

柳氏連忙點頭，此時她已不太能說得出話，意識也有些模糊了，只憑著一股意志力在硬撐。

不得不說，即使柳氏是個再惡劣的人，她那顆慈母的心卻是令人動容。

在柳氏充滿祈求的目光下，梅熤笑道：「既然如此，我一定會把這個祕密好好守著，蘇公子一輩子也不會知道自己有這麼一個與魔教勾結的大哥。而且你們母子對我與娘親的欺侮，我也會好好回報在梅長暉身上。」

「你……你！」柳氏聽到梅熤的話，激動地想要抓住對方，然而此時蹲在她身邊的梅熤卻已站立起來，居高臨下地看著柳氏在地上掙扎扭動，直至力竭斷氣為止。

整個過程，梅熤都掛著一如既往的溫文笑容，任誰看到這個青年，都會覺得他是一個脾氣軟、很好說話的人。

當柳氏斷氣後，梅熤這才步出洞穴，向迎上來的蘇沐華嘆了口氣，道：「洞內並沒有什麼特別的東西，不過……我看到柳氏的屍體了。」

蘇沐華訝異地探頭往山洞裡看，還眞的是消失許久的柳氏，也不知是被誰殺死的。該不會是蘇志強與她有什麼事情談不攏，他老爹便把人幹掉……吧？

對於柳氏這個姑姑，蘇沐華並沒有多大的感情。但終究親戚一場，他還是不忍心任由她暴屍荒野：「我想將柳氏的屍骸帶回蘇家好好安葬。」

梅煜嘆了口氣，道：「讓我來吧！雖然她已被山莊除名，只是死者已矣，她終究是父親的結髮妻子，我還是想在最後好好送她一程。」

蘇沐華並沒有多想便應允下來，只覺得梅煜眞是個善良的大好人。

至於梅煜會不會如他所說的，好好安葬柳氏，對此蘇沐華沒有絲毫懷疑。

像梅大哥這麼和善溫潤的人，又怎會說一套做一套呢？

一定不會說謊的嘛！

蘇沐華對自家好友有著謎之自信。

此時不遠處傳來了打鬥的聲響，卻是戰鬥已經蔓延到他們這邊了。

蘇沐華連忙前去查看，梅煜也尾隨而至。

看著蘇沐華的背影，梅煜不禁憐憫起來，心想對方爹不疼娘不愛，還眞是個倒楣的傢伙。

柳氏到了快死的時候，竟然還存著利用蘇沐華的心思。

是的，是利用。

在梅煜看來，柳氏死前想要認回兒子的舉動，完全只是親情綁架，想要利用蘇沐華照顧梅長暉而已。

她到底有多大的臉，從來沒有照養過蘇沐華，卻想要對方爲她心愛的長子奉獻嗎？

因爲蘇志強的關係，蘇沐華本就夠艱難了，要是他還插手照顧與魔教勾結的梅長暉，又怎不被眾門派猜忌？

柳氏她從沒有想過蘇沐華將會面臨的難處。也許她其實想到了，只是她不在乎。因爲她對這個兒子並未有多少感情，她在乎的只有她一手養大的梅長暉而已。

出於對柳氏的報復心理，也爲了蘇沐華好，梅煜決定選擇隱瞞這個祕密。蘇沐華最近已經夠煩了，這種小事就沒必要再去煩他。

至於柳氏心心念念的梅長暉？梅煜早已安排了人手趁亂去對付他。

梅莊主過世後，梅煜本打算留下梅長暉的性命，怎料這人招惹麻煩的能力挺強的，沒腦子的人不可怕，可沒腦子的人不要命起來，卻實在讓他煩不勝煩。

麻煩嘛……還是盡早解決掉得好。

蘇沐華並不知道梅煜暗地裡爲他解決掉一個大難題，此時他已趕至戰場，毫不猶豫地揮劍收割著敵人的性命。

梅煜也勾起漫不經心的微笑，隨後投入了新的戰鬥中。

九、四堂主的由來

就在梅煜與蘇沐華再次投身戰鬥時，玄天門一行人卻是帶著他們的門主大人回到了宛家。

雖然大部分人都前往青雲山討伐魔教，但宛家裡還是有一些人留守當後勤，而有些受了傷、無法繼續戰鬥的人也回到宛家治療。當他們看到方悅兒等人傷的傷、昏迷的昏迷，全都嚇了一跳。連玄天門這些高手都受了這麼重的傷，他們都擔心是不是討伐魔教不成，反被對方打敗了。

幸好雲卓心細，雖然擔憂方悅兒與重傷的幽蘭，還是先簡單向眾人解釋這些都是誅殺蘇志強時所受的傷，成功安撫人心之餘，眾人在聽到叛徒蘇志強死了之後更是士氣大增，幹起事來都特別有幹勁。

段雲飛把方悅兒抱回房間，將她好好安頓後這才稍微放鬆些心情。只是方悅兒一天不醒來，只怕青年還是無法眞正地放心。

其他人也一樣，雖然他們全都受了傷，但即使是傷勢最重的幽蘭也堅持留下來，決心等待方悅兒醒來。

幸好方悅兒昏迷的時間並不長，回到宛家不久，少女便甦醒過來了。

羽扇般的睫毛微微顫動，隨即，少女一雙水汪汪的杏眼總算在眾人的期盼中張開。

「丫頭，妳感覺怎樣？有哪裡不舒服嗎？」段雲飛看到戀人醒來，鬆一口氣的同時，卻又擔心著對方的身體。

剛醒過來的方悅兒一臉迷茫，似乎還有些搞不清楚現在的狀況，聽到段雲飛的詢問，下意識便回答道：「我沒事，就只是有些無力，休息一下就好。」

隨即，方悅兒總算想起昏迷前發生的事，立即緊張地拉住段雲飛的衣袖：「阿飛，在我昏倒後事情發展如何？蘇志強他……」

方悅兒急著想要起身，結果才剛坐起便感到一陣暈眩，段雲飛連忙扶住搖搖欲墜的戀人，安撫道：「妳別急，我們已經成功誅殺蘇志強，因爲大家都受了傷，所以先回到宛宅。現在蘇志強已死，戰場那邊有林盟主他們在，魔教鬧不起風浪的。」

方悅兒把蘇志強打傷後便昏倒了，雖然看到自己安穩地躺著，便猜到他們已經脫險，但不知道蘇志強到底是被誅滅，還是再次逃掉，她這才焦急起來。畢竟那傢伙的逃跑功力實在太強大了，要是這次再讓他逃走，必定會成爲很大的禍害。

方悅兒得知總算成功消滅這個難纏的敵人後，這才放鬆下來，整個人頓時很沒形象地癱軟在床上，簡直像沒了骨頭般。

見少女的身體似乎眞沒什麼異樣，段雲飛暗暗吁了口氣，隨即正起臉，問道：「丫頭，妳先前到底是什麼回事，爲什麼武功會突然這麼厲害？而且現在……現在妳的內力……」

方悅兒昏倒後，段雲飛曾用內力探過她的經脈，發現少女一身的內力竟然消失無蹤了！

以前方悅兒的內力雖然薄弱，但至少還能感覺得到。可自從她武功突然大爆發，打傷了蘇志強昏倒之後，段雲飛卻再也無法在她身上感受到絲毫武者的痕跡，彷彿變成一個從未修練過武功的普通人。

聽到段雲飛的詢問，雲卓也責怪道：「悅兒妳這次眞是太魯莽了，妳知道我們看到妳向蘇志強出手時，嚇得心臟都快要停了嗎⁉」

連瑾也道：「就是！小悅兒妳要嚇死我們了！我們寧願一直被魔教牽著鼻子

走，也不想妳眞出了什麼事。」

寇秋與幽蘭也在一旁點頭附和。

方悅兒見自己讓同伴這麼擔心，不禁有點感到抱歉。只是如果讓她再選擇一次，她還是會這麼做。

並不是她害怕成爲人質，也不是因爲門派的尊嚴而出手。方悅兒很清楚，只要她被蘇志強制住，雲卓他們便會成爲魔教的打手，到時一定有不少最苦、最危險的工作會指派給他們做。方悅兒絕不想因她的緣故，令同伴們陷入任何危險中。

另外還有一點，便是蘇志強當年重傷了段雲飛，害她小小的阿飛受了這麼多苦。即使修練了泫冰心法，仍有著隱患，要是無法找到下卷、不能繼續修練下去的話，終有一天會危及段雲飛的性命。段雲飛這些年來所受的壓力可想而知。

就像段雲飛會把她放在心上、爲她的安危著急一樣，方悅兒也心疼青年所受的苦難，也因而怨恨上身爲始作俑者的蘇志強。

方悅兒知道她若眞決心選擇與蘇志強合作，段雲飛爲了她的安危最終會選擇妥協，到時便能維持表面的和平。但她不想這樣！

要是她明知蘇志強過去對段雲飛的傷害後仍是與他合作，即使段雲飛不介意，可自己卻沒有臉再以對方的戀人自居了。

段雲飛是個瀟灑又驕傲的人，如果要他被敵人威脅、鬱悶地過日子，方悅兒寧可拚死一搏！

方悅兒雖然沒有反駁眾人的話，可是看到少女堅定的眼神，段雲飛知道她並未被眾人說動。至於原因……十之八九是爲了守護大家。

段雲飛一向強勢慣了，鮮少有須要被人保護的時候。然而少女卻努力想要護著他，段雲飛這才發現原來被人護住的感覺是這麼地溫暖。

想要保護對方、不想讓對方受傷的心情，他們都是一樣的。

青年原本略帶責怪的眼神，不知不覺便變成了含情脈脈的深情注視。空氣中頓時彷彿飄浮著粉紅色泡泡，讓四堂主覺得他們在這裡顯得非常多餘！

雲卓假咳了聲：「既然悅兒妳已經沒有大礙，那麼我們就先回去休息了。」

說罷，一行人便識趣地離開，把空間留給這對年輕戀人。寇秋還很體貼地抱走方悅兒醒來後一直吱吱亂叫的麥冬，不讓牠打擾。

見四堂主離開，方悅兒暗暗吁了口氣。因爲她接下來要說的話並不是什麼愉快的事，更是四堂主心裡永遠的痛。方悅兒總覺得當著他們的面告訴段雲飛，好像要在他們心裡的傷口上撒鹽一樣。

雖然這件事對方悅兒這個當事人來說，其實並沒有感到太介懷。

身體因爲脫力會虛弱好幾天，方悅兒換了個較舒服的姿勢倚在段雲飛的肩膀，問：「阿飛，如果我以後都無法再使武功了，你會厭棄我嗎？」

段雲飛愣了愣，隨即脫口而出：「憑妳先前那三腳貓功夫，武功全失有什麼區別嗎？」

原本略帶凝重的氣氛因段雲飛這句話頓時煙消雲散，方悅兒生氣地拍了段雲飛一下，打在青年身上的力道卻像撓癢似的。

段雲飛並沒有絲毫說錯話的心虛，反倒哈哈大笑起來，氣得方悅兒鼓起了臉。可惜她生氣的模樣沒有一點威嚇力，鼓起腮幫子的模樣更是呆萌呆萌。

段雲飛笑了幾聲，隨即便把少女抱進自己懷裡，道：「如果我在意這些事情，一開始就不會追求妳了。」

說罷，青年帶著笑意的嗓音變得嚴肅起來：「不過妳的武功到底怎麼回事？對身體會有影響嗎？」

聽到段雲飛關心的重點並不是她失去武功，而是她的身體，方悅兒頓覺得心裡甜滋滋的。

她就知道，自己看人的眼光向來很準的。

自從決定與段雲飛共度一生，方悅兒本就不打算隱瞞他任何事。既然對方詢問，方悅兒便坦然告知：「這是很多年以前的事了……」

❀

當年宛清茹懷孕時被下了蠱毒，雖然最終還是生下了方悅兒，可是孩子卻在娘胎裡受到蠱毒的傷害，出生後即使請神醫用各種藥材調理身體，仍舊留有隱患。

因著先天不足的關係，孩子的經脈脆弱，無法承受太多內力。要是當個不懂武的普通人，身體倒能與常人無異。然而這孩子是要繼承方毅的衣缽，只要她的內力修練至一個程度，本已脆弱不堪的經脈便會受創，不但對身體健康造成影響，甚至會危及性命。

方毅對這個與自己骨肉相連的孩子並未有太大的喜愛，然而他深愛他的夫人，宛清茹非常疼愛孩子，在得知因爲自己的關係而讓孩子留下病根後，更是懊惱不已。

方毅見狀，便向妻子保證他一定會治好孩子，讓宛清茹對此放寬心。

宛清茹爲孩子取名悅兒，希望她能一直當個快樂的可人兒。她死前不忘叮囑方毅好好照顧女兒，愼重地把孩子託付給方毅。

其實宛清茹只希望孩子健康快樂成長就好，只是方毅那時視方悅兒爲妻子託付的責任，再加上他以己度人，覺得唯有練成絕世武功，才是對孩子最好，因此便致力訓練女兒成爲絕世高手，開始了嚴父之路。

方毅一方面督促方悅兒勤奮練武，一方面尋找能徹底治好她的方法。

最終還眞讓他找到根治的方法——就是同樣利用蠱毒！

這也是方毅某天突發奇想，想著既然以尋常的醫療方式無法根治女兒，倒不如試著以毒攻毒，從月族那邊著手，結果還眞讓他找到了轉機。

月族有一種蠱蟲名爲「同心蠱」，有了同心蠱，便等於多出一條性命。

只要體內養有母蠱，再將子蠱植入他人體內，雙方便能產生一種特殊的連繫，甚至能利用蠱蟲轉移傷痛。

因此這種同心蠱還能夠治病救人，只是有諸多限制。母蠱的一分傷，轉移到子蠱時便會變成三分，事後子蠱還會瘋狂噬主，很多時候子蠱的宿主都無法捱過蠱蟲的反噬而死去。也就是說，使用同心蠱轉移傷痛是多命換一命的做法。

最麻煩的一點是，轉移傷痛必須雙方心甘情願才行。除此之外，雙方宿主的內力必須系出同門，年齡也不能相差太多，最好在十年以內，這才能達到功效。

正因同心蠱的使用有諸多限制，所以這蠱毒雖然不難飼養，但使用的蠱師卻是寥寥可數。但同心蠱的妙用，卻讓方毅在治療方悅兒一事上看到曙光。

於是方毅開始在外陸續救了些孩子回來，不僅把他們從水深火熱中救出，還教導這些孩子武功，讓他們擁有報仇的力量。

方毅給他們天大的恩惠，卻也開宗明義地向這些孩子表明，救助他們並不是出於善心，而是一場交易。當孩子們了結各自的恩怨後，他們便須要幫方毅做一件事，而這很可能會危及他們的性命。

因爲同心蠱使用限制很多，從小培養的孩子自然是最好。方毅還擔心過程會失敗，所以同時培養了四名孩子。

他們分別便是雲卓、連瑾、幽蘭與寇秋。

當時的方毅絕對想像不到，這些他用來治療女兒的「靈藥」，往後會成爲支撐起玄天門的四堂主。

那時的雲卓等人還很弱小，即使知道方毅救他們是有別所求，甚至可能還得付出性命，他們卻也甘之如飴，甚至非常感激方毅。

因爲，要是沒有方毅救他們於水火中，他們也許早已死去，又或者正生不如死地掙扎求存。更別說學得一身本領，還能夠親自報仇了。

他們的性命、他們現在所有的都是方毅所給，何況方毅利用他們的心思從來是坦蕩蕩，從一開始就表示一切只是交易，並不存在任何欺騙的成分。雙方可說是各取所需，這些孩子並不會因方毅的做法而感到反感。

當然，這也要雲卓等人懂得知恩圖報才行。即使被給予了第二次生命，但不是任何人都能在對方要求回報時坦然地接受。

只能說方毅不愧是方悅兒的父親，這對父女在看人方面有著特別獨到的眼光。

雲卓四人都很爭氣，練武進度神速，方毅不須要花太多心力在他們身上。然而他卻想不到，只是未關注這些孩子一段時間，他們竟與女兒成了好朋友。

發現這狀況時，方毅都傻眼了。

因爲愛屋及烏，方毅非常重視方悅兒這個妻子留在世上唯一的血脈。然而方毅本就是個除了練武，對其他事物都提不起什麼興趣的武痴；再加上他一個大男人也不懂怎麼照顧孩子，因此請了個奶娘來照顧方悅兒後便撒手不管，也只在教女兒練武時才會與孩子相處一小會兒。有時甚至因爲鑽研功法。一閉關就是好幾個月不見。

一開始這孩子也是期待父愛的，只是方毅的表現實在過於冷淡，久而久之方悅兒便不再對父親有著期盼。

只是孩子在門派裡實在寂寞，於是便纏上了最先來到玄天門的雲卓與連瑾。

雲卓兩人原本只覺得這孩子有些可憐，這才花些時間陪她玩耍。不過方悅兒本就是個很討人喜歡的孩子，相處久了他們便有了感情，兩個男孩更是將方悅兒視爲妹妹般疼愛。

當幽蘭與寇秋來到玄天門時，方悅兒已從受父親冷落而變得有些沉默的孩子，成爲一個愛笑活潑的小姑娘。

她與幽蘭這個小姊姊成了閨蜜，與和她年紀相若的寇秋交朋友。雖然方毅仍然待她冷漠，方悅兒卻已不這麼在意了。

現在交了朋友的她，有著能一起歡笑的玩伴。要是父親更喜歡練武，方悅兒覺得自己也不應強求他的陪伴。她很珍惜世上唯一與自己血脈相連的親人，可是不會再勉強對方關注她了。

也幸好方悅兒本性不錯，再加上有雲卓等人的照顧與陪伴，倒是沒有長歪到哪裡。不然以方毅那種放養的態度，也不知她會長成什麼模樣。

其實方毅很在意方悅兒這個繼承人，只是關注的地方卻在孩子的練武上。相較於父親這個角色，他在方悅兒的生命中更像是個嚴格的師父。

從未一刻忘記過女兒身上的隱憂。驅動同心蠱需要方悅兒的內力支持，所幸她爲了親近父親一直很努力習武，而她的天賦也非常卓越，完美地繼承了父親在武學上的天資。

雖然方毅覺得女兒與雲卓等人走得太近有些不妥，但看到這幾個孩子把方悅兒照顧得很好，又覺得似乎沒什麼大不了，便放任了他們的相處。

方悅兒並不知道雲卓等人與方毅之間的協議，方毅是覺得沒有告知方悅兒的必要，至於雲卓四人則不約而同地選擇隱瞞小女孩。

因此在方悅兒的眼中，雲卓等人只是方毅在外收的弟子，而他們四人也不是不知道若與方悅兒太過親近，當事情發生時對方也許會非常傷心難過。只是當他們試圖疏遠方悅兒時，小女孩那鬱鬱寡歡的寂寞模樣，最終還是讓他們心軟了。

罷了，方悅兒的年紀還小，即使將來他們有天不在了，這孩子也只是傷心些時日而已。

在她還需要我們的時候，就多陪伴她吧！

這想法說服了雲卓他們，結果某天方毅認爲他們的內力已足以應付同心蠱的副作用、把事情告知方悅兒時，方悅兒整個人不可置信地懵了！

「爹，你要讓我把這蠱蟲吃進肚子，把身上的隱患轉移給雲大哥他們!?」此時的方悅兒已不是懵懂的幼童，她有自己的想法，不再是父親說什麼都會照做。方毅這個要求，立即引來小女孩強烈的反彈。

方悅兒也是這時才知道自己還帶著娘胎時的隱患，更不知道原來方毅將雲卓四人帶回玄天門，竟是懷著要轉移她病痛的目的！

她一向聽方毅的話，只是這次她無論如何都無法照著方毅的要求辦，因爲雲卓、連瑾、幽蘭與寇秋是她的好朋友，是……是如同家人般的存在啊！

方毅對孩子的哭鬧感到心煩不已，他不明白明明一向是個聽話的孩子，怎麼現在卻如此固執。要不是使用同心蠱須要雙方心甘情願，方毅都想用暴力去強制方悅兒了。

相較於蹙著眉、一臉不耐又散發冷肅之氣的方毅，雲卓四人對方悅兒便有耐心得多。看著眼前爲他們求情、哭得上氣不接下氣的小姑娘，覺得能獲得方悅兒這麼努力的守護，這一切都值得了。

「悅兒，妳也別這麼傷心。其實失去性命只是最壞的情況，我相信我們不會這麼倒楣的，難道悅兒妳不相信我們嗎？」雲卓哄道。

眾人好說歹說，總算把方悅兒哄好。誰知道這孩子在接過蠱蟲時，卻一把捏死了同心蠱的母蠱！

「……」眾人看著丟掉死掉的同心蠱、覺得噁心拚命抹著手心的孩子，都不知該說什麼才好。

方毅則快被這丫頭氣到吐血！現在已沒有多少蠱師在飼養同心蠱，因此這同心蠱蟲十分難得，這些年他費盡心思才獲得幾隻，還小心翼翼地像伺候祖宗似地飼養，就怕養死得來不易的蠱蟲。

現在倒好，方悅兒手一捏便把蠱蟲捏沒了！

要不是眼前這熊孩子是他親女兒，方毅殺人的心都有了！

「妳知道妳在做什麼嗎？妳怎麼這樣不懂事？」即使是素來對練武之外的事漠不關心的方毅，也被方悅兒一聲不響便捏爆蠱蟲的舉動氣得七竅生煙。

雲卓等人也被方悅兒的舉動驚呆，不過看到方毅盛怒的模樣，他們很有默契地擋在女孩身前，就怕對方一怒之下傷害到她。

見這些孩子一副小伙伴相親相愛、自己這個親生父親則像大反派似的，方毅都快被氣出了心臟病。以前覺得方悅兒這孩子乖巧又省心實在是天大的誤會，根本就是個氣死人不償命的熊孩子！

我準備這些事都是爲了誰？還不是爲了妳嗎!?

早知如此就不當這個惡人了！

面對方毅生氣又失望的神情，方悅兒從幽蘭身後怯怯地探出頭。雖然有些害怕，但仍勇敢地向方毅表達她的想法：「不能練武便不練好了，要是得以傷害雲大哥他們爲代價，我寧願這輩子都不練武！」

方毅冷聲說道：「妳是我方毅的女兒，是玄天門的下任門主！要是不懂武藝，又如何繼承玄天門？」

方悅兒道：「不是有雲大哥他們在嗎？他們會幫我的。」

「把希望寄望在別人身上是最愚蠢的行爲。人是很善變的，將來的事情如何，誰也不能保證。只有自己變得強大，這才最實際！」方毅恨鐵不成鋼。

然而方悅兒卻未被方毅這番話打動，小小的人兒仰起了臉，向方毅認真地說道：「人是很善變沒錯，可我相信世上終究還是有些東西……是永遠不會變的。」

十、梅煜來訪

聽到這裡，段雲飛問：「方門主最終被妳說服了？」

方悅兒點了點頭，隨即小聲說道：「我覺得當我說有些東西永遠不變的時候，爹爹他想起娘親了。」

段雲飛沉默半晌，伸手揉了揉方悅兒的頭髮。

別人都道方悅兒運氣很好，明明一事無成卻有四堂主爲她所用。卻不知道，其實她從不缺天賦與努力，也曾有機會走到武學的頂峰，然而卻爲了保護別人而放棄了這些東西。

方悅兒道：「爹爹發了好大的脾氣，說再也不管我，隨我想怎樣便怎樣，把玄天門留給我之後便一走了之。爹爹負氣離家出走，那時我們的能力不足以支撐玄天門，只得隱瞞這件事，對外宣稱他在閉關。誰料過了幾年，玄天門的事業在雲大哥他們的管理下蒸蒸日上時，外界突然傳出爹爹閉關時走火入魔而死的傳言，我們大爲震驚，結果查啊查，傳言的源頭查到了爹爹身上。大概是爹爹不喜歡我們扯他的虎皮，便傳出這種傳言吧？」

段雲飛：「……」

所以方毅根本就沒死嗎？

而且還是他自己傳出的傳言？

有這麼咒自己的嗎!?

只聽方悅兒續道：「我們知道爹爹鐵了心不回來，他本就不耐掌管門派的事，只想專心武學。離開門派後他在這國家已無敵手，便去其他國家挑戰。也許擔心會連累到我們，所以乾脆說自己死了。於是我們便依他的意思，向武林宣布了他的死訊。」

段雲飛已不知該說什麼才好了。

所以方毅不但沒死，還去禍害其他國家的武者？

而且還是被丫頭氣走後才過去的……

突然覺得那些國外的武者有點可憐。

方悅兒接著說：「其實我知道爹爹一方面是去找人切磋，另外他也在國外調查能夠治療我的方法，以及有關蠱毒的事。他一直對娘親的死耿耿於懷，國內找不到線索，便想在國外尋找方法。畢竟月族是遷移來國內的外來民族，蠱毒的事還是在國外更能了解透徹。想不到娘親的仇卻被我無意間報了，氣死他！嘻嘻！」

段雲飛聞言覺得好氣又好笑，卻也沒有忘記自己最在意的事：「那這次妳吃下的那枚藥丸……」

方悅兒解釋：「我的經脈不是先天不足嗎？這有點像阿飛你現在的困境，要是內力太強便會死翹翹。於是寇秋便替我想了個方法，平時用藥物抑制我的內力，而那枚丹藥正是能解除抑制內力的藥丸，展示出我真正的實力。但這只能使用一次，服下那枚丹藥後我的武功便會廢除，只能當個沒有武功的普通人啦！」

段雲飛仔細觀察方悅兒的神情，看到少女沒有悲傷難過，而是真正地豁達，便也不在意地笑道：「沒關係，反正我會保護妳的。」

方悅兒哼哼兩聲：「你本來就應該要保護我。」

段雲飛聞言笑道：「這是我的榮幸，親愛的門主大人。」

❀

白道與魔教的大戰，以白道門派全面獲勝作結。

在這場大戰中，魔教餘孽死的死、傷的傷，這個多年來令人聞風喪膽的教派，終於在這場戰役中永遠成為歷史，再沒有死灰復燃的可能。

大獲全勝後，白梅山莊也抓出山莊內與魔教勾結的人，結果牽扯到的人竟是不少。

帶頭勾結魔教的梅長暉，被人發現死在了戰場上，身上多處刀傷，也不知是誰下的手。

眾人推測梅長暉是在白道與魔教混戰時，趁亂逃離山莊。然而不知怎地竟然陷進戰場裡，最後還失去了性命。

雖然梅長暉的死有很多不合常理之處，例如白梅山莊雖然鄰近青雲山，但還是有些距離，梅長暉為什麼要前往危險的戰場？而且他已是個廢人，又是誰將他從房裡抬出來？

然而人都已經死了，而且梅長暉又不是什麼重要的大人物，因此也沒有人再去深究。

梅熤正式上任莊主之位，大義滅親，下令清理所有與魔教勾結的人後，便將白梅山莊開放給白道眾人作休息之用。這裡離戰場最近，加上相較於臨時修葺的宛家，住在白梅山莊絕對舒適得多，因此眾門派便領受了梅熤的好意。

倒是玄天門眾人仍留在宛家老宅。一來那裡是門主大人的外家，二來沒什麼力氣移動的方悅兒懶得挪窩，決定賴在這裡不走了。

方悅兒足足休息了三天，這才覺得回復了些體力可以下床走動，但要回到能跑跳跳的程度，還有得養呢！

當方悅兒休息夠了之後，便寫了一封信，讓麥冬替她去白梅山莊找人了。

原本送信的工作應該讓侍女們去做比較適合，只是半夏等人自從先前方悅兒差點沒命後，都成了驚弓之鳥，現在還嚶嚶嚶地死守在方悅兒身邊不願意離開半步呢。

「妳要找梅熤？」段雲飛弄不明白方悅兒爲什麼特意寫信邀請梅熤過來，雖然他們與梅熤也稱得上是朋友，可私下沒什麼交情啊？

方悅兒點了點頭，卻並沒細講到底是什麼事，讓一屋子的人好奇萬分，於是梅煜過幾天抵達宛宅時，除了方悅兒與正在侍候她的侍女們，段雲飛與三位堂主都在。要不是幽蘭受傷太重須要多休息，只怕也會跟著過來。

面對眾人投來充滿八卦的視線，梅煜倒是適應良好，依舊溫和地笑著向眾人打招呼。

打過招呼後，梅煜便取出一把匕首，並將匕首遞給方悅兒。

眾人看到梅煜的動作，這才恍然大悟。這匕首正是方悅兒用來攻擊蘇志強的武器。蘇志強死後他們都把這匕首忘了，雖然在方悅兒醒來後曾讓弟子回去找過，卻是沒找到，原來是被梅煜撿走。

方悅兒喜孜孜地接過匕首：「謝謝梅莊主。或者我該喚你一聲……梅表哥？」

眾人聞言皆愣了愣，不明白這位白梅山莊的繼任者，何時變成了自家門主的表哥？

很快連瑾率先反應過來：「梅莊主是宛清芸的兒子!?」

其他人這才意會過來。梅煜的確是梅青影與妾室所生的庶子，而梅青影不正是當年那個哄騙宛清芸對宛清茹下蠱、並從她手中偷走功法祕笈的人嗎？

梅青影除了柳氏這個正妻，便只曾在外面養過一名外室，後來被柳氏發現後還鬧得人盡皆知……所以梅青影的妾室就是宛清芸，那麼梅煜自然是方悅兒的表哥了。

眾人一直未將宛清芸與梅煜聯想在一起。現在知道梅煜隱藏許久的身分，不禁感到十分訝異。

因爲梅煜特意親自送來匕首，再加上方悅兒尋找時曾提及這是宛清茹的遺物，眾人也多看了這把匕首兩眼，結果一看看出了問題。

「你們覺不覺得……這匕首有些似曾相識？」寇秋問。

寇秋這麼一說，其他人也覺得這匕首有些眼熟，紛紛露出若有所思的表情。很快地，段雲飛靈光一閃：「它像不像那把殺死梅青影的凶器？」

雲卓等人聞言，終於想起這種似曾相識的感覺從何而來，各個一臉無法置信地看向梅煜。

梅煜對眾人的視線視若無睹，依然笑得一臉溫和、好脾氣的模樣。

梅煜有著玉樹臨風的好外貌，氣質溫潤出塵，勾起嘴角微笑時更是賞心悅目。

然而想到梅青影被殺時的景象，眾人看著梅煜的笑容卻只覺得毛骨悚然。

縱使方悅兒在宛清茹房裡發現匕首時，便早已把事猜到梅煜身上，但看到對方若無其事、微笑依舊的模樣也覺得超恐怖呀！

為什麼以前會覺得這個人脾氣很好？現在看這溫和的笑容，怎麼看都有種變態的氣息撲面而來！

梅煜並不知道自己已被貼上「變態」的標籤，他用輕鬆的語氣說道：「我殺死梅青影是為了給娘親報仇，那匕首是娘親的遺物，因此下手時我特意使用它。想不到這匕首竟是一對，另一把留了在宛家……果然讓表妹妳認出來了。」

眾人聞言倒抽了口涼氣，雖然已猜到梅煜與梅青影的死有關，可是見對方直言無諱的態度，他們還是深感震撼。

「真的是你殺死了他？」雲卓依舊覺得難以置信。

「對。」梅煜應道。

方悅兒也訝異地說道：「我還以為你會否認。」

梅煜微笑道：「既然你們已有所猜測，那麼針對我去調查的話終會查出真相。

既然如此，倒不如我坦蕩些先承認好了。何況我殺死了梅青影，這對玄天門來說不是樂見其成嗎？梅青影是害死姨媽的罪魁禍首，即使我不下手，你們也不會放過他吧？我先一步把人殺了，不是為你們省掉不少麻煩？」

眾人聞言愣了愣，都覺得梅煜說的話有理。然而他們一時間還是無法接受這個溫溫和和、被梅長暉欺負也不生氣的青年，竟會幹出弒父這種事！

「當時我們查出柳氏是害死梅青影的凶手，也是你故意誤導？」段雲飛問。

「不只如此，只怕把梅長暉弄廢一事，也有你的手筆吧？」方悅兒道：「記得初遇你們三人時，蘇公子曾提及他與梅長暉遇上殺手行刺時的情況，你因為去取水所以事發時不在。可後來我們把那座山坡走了一遍，發現根本就沒有河流。你應該還不知道，那裡原本是有條小河沒錯，但這些年水流愈來愈少，後來水源還完全斷絕了。所以那時你說了謊，是為了故意避開那些殺手對吧？還有在白梅山莊裡，那個攻擊我和阿飛的蒙面人也是你吧？」

面對段雲飛與方悅兒一連串的猜測，梅煜仍是沒有絲毫隱瞞地全盤托出：「我手上有彭琛的信物，是我聯絡魔教的人廢了梅長暉；也是我殺死了梅青影，並且嫁禍到柳氏身上。柳氏沒有說謊，她那瓶毒藥是想用來毒殺我的，之所以接近那盆茶花，也是我安排了人把她引過去。」

連瑾皺起了眉：「你這麼做，是爲了奪取莊主之位嗎？」一下子將三名親人廢的廢、殺的殺、陷害的陷害，梅煜這麼做也太狠了吧？

而方悅兒則敏銳地抓到重點：「等等！你手上爲什麼會有彭琛的信物？」

段雲飛眼中精光一閃，倏地向梅煜出手。梅煜似乎對此早有預料，反應迅速地回以一掌。兩人這一擊都是以試探爲主，雙掌接觸後便瞬間分開，然而卻已足夠讓段雲飛摸清梅煜的內力：「是你！在維江城時戴著面具找我麻煩、有著魔功的貓男！」

「喂喂，你這話可是說反了，我沒有找你麻煩呀！我只是想要找你結盟，結果你卻要抓住我，我才是受害者。」梅煜哭笑不得地說道。

而且貓男是什麼鬼？

眾人驚疑不定地看著梅煜，覺得認識青年的這段時間，原來一直都沒有真正看清過此人。

「我這次前來，就是決心向大家交代清楚。反正事情已經解決，我也不打算繼續再瞞著你們。」梅煜被眾人盯得頭皮發麻，苦笑道：「其實我也要向表妹說聲『抱歉』，對段公子說聲『謝謝』。」

「抱歉我的娘親曾對你們造成的傷害，也謝謝段公子將彭琛打落懸崖。」

聽到梅煜的話，段雲飛立即便反應過來：「你之所以有彭琛的信物，是因爲他落到了你手上？」

這麼一來便說得通，爲什麼那個想要與他結盟的貓面具男子，能修練只有魔教教主才會的烈陽神功。

可段雲飛立即又想起，既然梅青影死在梅煜手上，梅煜說不定已獲得那本宛清茹所寫的武功祕笈。他修練的烈陽神功，也許不是從彭琛那得到，而是找到梅青影藏著的祕笈修練得來？

不過梅煜又與梅青影有什麼仇怨，爲什麼要對自己的父親下毒手？

眾人只覺腦海裡有著眾多疑問，只能等待梅煜解釋清楚。

「一切的事，要從當初梅青影利用我娘下毒手、盜取了祕笈開始說起……」

❀

宛家姊妹都是不可多得的美人，相較於獨立有主見的姊姊宛清茹，妹妹宛清芸是軟綿溫和又天眞的性子。

當年宛清芸與梅青影相遇，很快便被對方的俊美與溫柔體貼吸引，隨之芳心暗許。面對美麗又溫柔少女的愛慕，梅青影自然心動不已。只是那時他礙於柳氏強大的醋意而不敢帶宛清芸回去，可是美色在前，梅青影卻又捨不得這溫柔貌美的紅顏知己。

於是他隱瞞了自己已婚的身分，編了一堆謊言，還花了不少代價讓宛清芸的爹把女兒嫁給他，其實是把人當外室養在外面。宛清芸甚至直到爲梅青影生了一個兒子，還不知道他早就已經成親。

梅青影謊稱自己被人追殺，因此宛清芸與他的生活很低調，見面次數不多。就連宛家的下人都不知道宛清芸已成親，知道實情的下人都被賣到遠方。因此方毅請聽風樓調查宛家時，留下的下人都只知二小姐曾救過一名英俊的男子，後來因病搬出了宛家靜養。

後來宛清芸無意間向梅青影提及姊姊帶著一份手抄祕笈時，梅青影便生出了貪念，哄騙宛清芸在宛清茹身上下蠱，並把祕笈偷了回來。

過了一段時間，柳氏知道了宛清芸的存在。事情鬧得很大，宛清芸也知道了眞相，可惜卻已太遲。她已失身於梅青影，連兒子都有了，只得搬入白梅山莊成爲梅青影的妾室。

柳氏痛恨宛清芸這名小妾，但偷回來的祕笈是以密語所寫，只有宛清芸能翻譯，於是只得容忍她的存在。

宛清芸是軟綿很好拿捏的性子，雖然被梅青影欺騙，可是既然已成爲他的妾室，便只想著好好與他過下去。何況那時梅青影爲了讓宛清芸幫他翻譯祕笈，對她還是很不錯。

可惜當宛清芸翻譯完祕笈後，她的好日子也到了盡頭。

那時當上武林盟主的林易光是個眼裡容不進沙子的人，他打擊了不少不良產業，白梅山莊也受到一些影響。梅青影對林家愈來愈不滿，又覺得自己不比林易光差，便生出將林家拉下馬的心思，與蘇家結盟起來。

也是到了那時，他才知道原來他的妻子柳氏是蘇志強的姊姊。梅青影是個決斷之人，他對宛清芸即使有些許憐惜，但相較於已經沒有用處的妾室，還是能作爲與蘇家合作橋梁的柳氏更加重要。

於是梅青影開始對宛清芸不聞不問，下人也是見高拜見低踩，看到宛清芸失寵，便對她多有怠慢，宛清芸母子的生活頓時愈發艱難。

後來玄天門門主的夫人被人所害，方毅大張旗鼓尋找凶手，以及能醫治他妻子的人，這件事被碎嘴的下人傳到了宛清芸耳中。宛清芸不傻，自然知道自己不但被梅青影利用，還害了姊姊宛清茹！

都說爲母則強，然而宛清芸這種軟綿的性格卻註定被人任意拿捏。即使知道丈夫利用自己害了親姊姊，宛清芸也只是日日以淚洗面，卻完全不敢對梅青影心生怨恨。見梅煜被怠慢欺侮時，她也只會抱著兒子哭，嚷著她對不起對方。

然而宛清芸沒有生出報復的念頭，卻不代表別人會放過她。方毅大肆尋找凶手的舉動讓梅青影非常心虛，柳氏便提出宛清芸的存在終究是個隱憂，現在方毅瘋了似地要找出凶手，萬一宛清芸亂說什麼被人知道……只要宛清芸沒了，方毅怎麼也查不到梅青影身上。

梅青影衡量過利弊，便默許了柳氏的做法。柳氏心裡痛快，便要求在宛清芸死後把梅煜送去別莊：「煜兒終究是夫君的兒子，我們總不至於對他下手，不如就先把他送去別莊，過幾年再接回來吧！」

這話說得好聽，其實就是將梅煜邊緣化。梅青影對這孩子沒什麼感情，既然柳氏看著不舒服，送走也沒什麼大不了，反正好歹留了他一條性命，也算是全了父子之情，於是便同意了。

梅煜永遠也無法忘記梅青影送走他時，素來軟弱的宛清芸首次反抗丈夫、死死抱住自己不願鬆手的模樣。

但她只是個弱女子，最終只能眼睜睜看者兒子被人從她懷中奪走。

過了很久之後，梅煜這才得知宛清芸死亡的消息，就是在他被送離白梅山莊那天，只是一直沒人通知他。

聽說宛清芸是病死的，只是梅煜記得娘親身體一向很好，怎麼會突然患上急病死去？

雖然年紀尚小，可梅煜是個聰慧的孩子。他想到宛清芸有時會邊哭邊說對不起她的姊姊，又說梅青影騙了她，再加上從下人聽來有關玄天門門主夫人的片言隻語……這些梅煜都記在心裡，想著總有天要把事情弄清楚。

宛清芸死得不明不白，梅煜不禁想，她的死會不會與那些事有關？

想起梅青影把娘親騙回來當妾，事後卻又對他們母子不聞不問，再加上柳氏與梅長暉對他們的鄙夷與折辱，梅煜心裡便生起無盡怨恨。

宛清芸即使再軟弱、再沒用，她也是世上唯一眞心疼愛自己的親人。梅煜發誓，如果娘親眞是被人害死，無論出手的人是誰，他一定要讓他們付出代價！

冷漠的父親、只會欺辱他的兄長，這兩個從未帶給梅煜任何溫暖的人，在梅煜心裡從來就不是他的親人。自從宛清芸死去後，在梅煜心目中，他在這個世上已經舉目無親了。

然而要調查這些，甚至往後要擁有復仇的能力，對沒有任何背景勢力的梅煜來說極爲不易。

他再聰敏也只是個孩子，想不到什麼太好的方法。白梅山莊是個大門派，能與之匹敵的對手並不多，梅煜便去打聽有哪些是與白梅山莊對著幹的勢力。

於是，他便加入了魔教。

十一、心法下卷

眾人沒有絲毫防備，皆被梅煜故事中的神轉折驚到。

難怪都說孩子有著無限的想像力，當年的小梅煜竟然能想到加入魔教，這孩子眞是太有前途了！

只聽梅煜續道：「我被分配到隸屬魔教旗下的風雨樓，從刺客開始一步步往上爬。後來機緣巧合下認識了風樓主，請他幫忙調查白梅山莊，一不小心便查出白梅山莊與蘇志強勾結，而且背後還隱隱有魔教的影子。」

「……」眾人聽到這裡，都想爲梅煜點根蠟燭了。

爲了調查母親的死因，爲了獲得對付梅家人的力量，梅煜加入了魔教。結果到最後才發現原來自己加入的組織，其實早已與殺母凶手結盟。

換句話說，他一直在魔教努力往上爬，其實也在間接替殺母仇人賣命呀！

眾人可以想像，梅煜得知此事時表情有多難看了。

隨即，梅煜感激地看向段雲飛：「此時我獲得了一場機遇，白道攻打上魔教，魔教教主彭琛被打下懸崖生死不明。我很幸運碰到重傷的彭琛，花了很大力氣保住他的性命，成功撬開了他的嘴，不僅獲得烈陽神功的功法，還得知蘇志強才是眞正的魔教教主，以及一連串的事。同時也確定，我娘親的死果然是柳氏下的手！」

梅煜說到這裡，深吸口氣平復激動的情緒，續道：「可惜彭琛傷勢很重，最終還是死了。」

「彭琛死後，你便利用從他身上獲得的功法與令牌展開復仇？」方悅兒想起風樓主拒絕調查那個在白梅山莊遇到的蒙面人時，曾說過對方對他有大恩惠，又道：「你果然就是那個對風樓主有恩的貓男，對吧？」

聽到「貓男」這稱號，梅煜的嘴角不禁抽了抽，心想怎麼連表妹也這麼喚自己，這稱呼該不會就這麼定下來了吧？

「其實也算不上什麼大恩，我只是在風雨樓分裂一事上幫了風樓主。風雨樓原本是魔教的產業，然而魔教被滅之後，我們都想擺脫其掌控，以讓暗殺與情報兩種業務分開，分成聽風樓與血雨樓。有些魔教餘孽不想失去眼前的肥肉，他們不敢動血雨樓，便想向聽風樓下手。我就是在聽風樓尚未穩固時，幫了一下風樓主而已。」梅煜解釋。

「接下來的事你們已經知道了。我利用彭琛的令牌，調動魔教的人廢了梅長暉，讓梅青影重視我這個庶子。梅青影找我談話時，我找到機會殺了他，再把事情嫁禍到柳氏身上。」梅煜頓了頓，看向段雲飛，續道：「只是蘇志強得到消息後，便出面要走柳氏。那人也不是什麼好東西，當年柳氏逼死我的娘親，背後也有蘇志強的授意。只是蘇志強不同於梅青影他們好對付，我便打算與段公子結盟，可惜被拒絕了。」

三堂主與侍女們聞言，不禁想起在維江城那個驚心動魄的夜晚。

方悅兒與段雲飛則想偏了，他們想起的是兩人一起放的水燈。

還有青年那天送給少女的松鼠花燈，仍被她珍而重之地收藏著呢。

小倆口想到這裡，交換了個甜蜜蜜的笑容，閃得旁邊的人都覺得自己要盲了！

一言不合便放閃，這是不對的！

「這麼一說我想起來了，表哥你將阿飛送給我的花燈弄壞了，你要賠給我！」方悅兒氣呼呼地說道，對梅煜的態度並未因他身分的轉變而有所不同。

雖然梅煜是害死她娘親的宛清芸之子，可這是上一代的恩怨，方悅兒並未遷怒於他。再加上宛清芸也是受人欺騙，她也因自己的天真無知而付出了代價，所以方悅兒並未太記恨對方。

至於梅煜對付梅青影一家的行爲，那是白梅山莊內部的權力鬥爭，方悅兒對此不予置評。少女從不相信「天下無不是的父母」這句話，不認爲當子女就該愚孝地任由父母予取予求。

方悅兒知道世上有虐打子女的父母，也知道世上有爲了償還賭債而販賣子女的人。要是父母對子女來說只是傷害他們的惡魔，那憑什麼要強逼子女孝順敬愛他們？

梅青影騙婚在先，也未善待梅煜母子，任由他人欺侮他們，甚至還默許柳氏殺害了宛清芸。這樣的人，又怎能要求梅煜對他有所敬愛？

梅煜看到方悅兒神色如常，並未因爲自己的身分及做的事而怨恨厭惡他，梅煜的笑容頓時變得眞誠不少：「松鼠花燈我沒有，可以用松鼠玉珮來償還嗎？」

說罷，青年取出一個美麗卻又眼熟無比的玉珮。

「是阿飛送給我的玉珮！爲什麼你會有……等等！那我這個到底是……」方悅兒驚呼。

這玉珮在蘇家遺失，她爲了尋找它還被如意推進枯井裡。後來經歷了許多危險後從祕道安然回去，接著經歷與蘇志強的惡戰，方悅兒仍不忘繼續尋找玉珮，可惜卻一直遍尋不獲。

這玉珮是段雲飛送給她的訂情信物，遺失後方悅兒傷心了好幾天，後來卻被段雲飛找了回來。

方悅兒見梅煜遞出了玉珮，連忙取下掛在腰間的玉珮。相比較後，發現它們的雕工一模一樣，材質同樣是晶瑩剔透、點點雪花的木那。

然而靠近細看，才發現兩塊玉珮雪花狀的棉絮位置有些不同，雕刻細節也有些微差異。

然而這些差異都不明顯，即使是經常拿這玉珮來把玩的方悅兒，若非同時拿著兩塊玉珮比較，也很難看出這細微的分別。

「爲什麼玉珮有兩塊？」方悅兒睜圓一雙杏眼，覺得很不可思議。

梅煜被少女驚訝的模樣逗笑：「我給妳的這一塊，是妳在蘇家遺失的玉珮。至於另一塊是怎麼來的，我就不知道了。」

方悅兒聞言，立即看向一旁的段雲飛。

段雲飛有些尷尬地搔了搔鼻子：「兩塊玉珮都是出自同一塊玉石，我原本刻了一塊送給妳後，打算也給自己刻一塊對珮。但是看妳遺失玉珮後這麼難過，便雕刻了一塊一模一樣的出來，騙妳撿到了遺失的玉珮。」

方悅兒這才知道原來自己這段時間佩戴著的玉珮，竟然已換了一塊。好的雕工難求，高質的玉石更是難得，若非段雲飛早就備有同玉料的玉石，要騙過方悅兒只怕還不容易。

少女想到愛人如此大費周章，也是為了不讓她懊惱難過，她頓時像吃了蜜糖似的，覺得甜滋滋。

方悅兒把其中一枚玉珮遞給段雲飛：「雖然不是對珮，但戴著一樣的不是更好嗎？」

青年接過玉珮，毫不猶豫地將它別在腰間。方悅兒也一樣，隨即兩人便相視一笑。

眾人：「……」

所以段雲飛留下同樣玉料，其實是打算雕刻一塊對珮出來，與方悅兒一起別在腰間放閃。

結果現在對珮離不上，卻仍能如願放閃也是厲害了！

梅煜假咳了聲，打斷兩人膩死旁人的對望，解釋道：「這玉珮是在許冷月身上搜出來的。當時表妹在蘇家遺失的玉珮，是被她撿到的。」

方悅兒道：「她喜歡阿飛，一直看我不順眼，撿走玉珮後不還給我，我也不意外……等等！你什麼時候搜過許姑娘的身子了!?」

梅煜臉上一紅：「當然不是我親自搜的，我的手下也有女性。我讓他們抓人的時候順道搜一下，以免她身上藏有利器，想不到卻有意外發現。」

「原來如此……」方悅兒點了點頭，隨即很快醒悟過來：「所以把許姑娘抓走的那伙人，原來是你的手下嗎？」

也難怪那些人只是擄走許姑娘，沒有傷害林家的下人了。

梅煜頷首道：「是我做的沒錯。不只是許冷月，其實如意才剛逃不久便被我的人抓住了。許冷月與如意這麼害妳，我便想著要替妳出一口氣。」

眾人此時已知道這看起來溫溫和和的青年其實是個狠人，聽到他這麼說，都預料到許冷月與如意絕對是被他狠狠教訓了一頓。

「其實我也沒對她們做什麼，如意那侍女不是心比天高，老是覺得自己當許冷月的侍女委屈了嗎？我便把她賣到其他高門大戶去當個下等丫鬟，讓她感受一下什麼才是當下人應有的樣子。」梅煜解釋。

如意身為許冷月的侍女，平常除了侍候許冷月便什麼也不用做，現在突然成了下等丫鬟，什麼苦的累的都要她來幹，很快便受不住。

本來梅煜把她賣了之後便不打算再對她做什麼，也不再關注她的後續，只要如意安分守己，雖然沒有翻身的可能，但仍能安穩地生活下去。偏偏她覺得委屈了，想抓住機會往上爬，結果在男主人喝醉時試圖爬床卻被人抓個正著，被女主人一怒之下賣到了青樓。

梅煜讓人擄走許冷月時，便打算讓這位大小姐去見識一下如意現在的生活。結果一打探，才知道如意自己找死地被賣去青樓，不禁相當驚訝。

雖然他知道以如意無理取鬧的性格，她的生活一定過得很不好，這才打算帶許冷月去看看以唬嚇她一番。可想不到只是一段時間沒關注，如意便在找死的路上狂奔起來。

梅煜得知如意的處境後，可完全沒有要救她出來的意思。既然她有想要往上爬的野心，那便要接受失敗的苦果。

那時如意已開始被逼著接客，於是梅煜便讓人把許冷月帶到青樓去觀摩了幾天，嚇得許冷月驚惶萬分，還誤以爲這是方悅兒的報復，被放走之後再也不敢去糾纏段雲飛了，就怕步上如意的後塵。

這還眞是個美麗的誤會。

聽過梅煜解釋完眾多事情後，方悅兒終算能夠想通不少疑惑的地方。少女詢問：「接下來，你有什麼打算？」

「要報的仇都已經報了，接下來便是散掉魔功、重新練功好好生活，專心經營白梅山莊吧？那可是我好不容易獲取的戰利品，我要讓往後的人想起白梅山莊，都會覺得梅青影不如我……當然血雨樓的產業我也不會忘記。」梅煜微微一笑，這笑容與往日一樣溫和得讓人心生好感，可是方悅兒卻覺得特別亮麗。也許因爲梅煜終於脫離了梅青影的掌控，並且大仇得報了吧？

不過方悅兒訝異地反問：「你要散掉魔功？」

「當然，魔功害人不淺，修練時要吸人內力，我可不想繼續修練這功法。何況，我有更好的選擇。」說罷，梅熤看向一旁的段雲飛：「記得段公子曾揚言，只要交給你泫冰心法的下卷，你便以心法上卷贈之。我正好知道下卷的內容，不知道段公子你願不願意與我交易？」

眾人不約而同地驚呼：「什麼!?」

❀

梅熤離開後，眾人都覺得自己暈乎乎的，如在夢中。

段雲飛拿著泫冰心法的下卷，覺得非常不真實。

所以他找了這麼久，就這樣輕易得到了？

「想不到泫冰心法的下卷，竟然就是當年那份被偷走的功法……而且還被娘親寫成了一本遊記。」方悅兒喃喃自語，也覺得這功法出現得太及時了！

因爲梅青影與柳氏、蘇志強結盟，蘇志強修練了魔功還與魔教關係密切，因此眾人先前一直認爲宛清茹當年被偷取的祕笈是烈陽神功。

雖然後來知道蘇志強其實才是魔教教主，修練的功法是從上任教主學得，並不是偷取宛清茹的祕笈修練而來。但眾人因爲先入爲主的想法，並未對此產生懷疑。

可當年梅青影得到的，其實是泫冰心法的下卷，並不是眾人以爲的烈陽神功。

這也是爲什麼梅青影明明偷取了祕笈，卻未改變功法去修練魔功。並不是他原本的功法已有所成、不想散功重練，而是因爲他獲得的只有下卷，根本就無法修練！

而且這遊記……不，是泫冰心法的下卷，正是白梅山莊走水後在書房暗格找到的書籍，後來被方悅兒認出是宛清茹的字跡後帶走的那一本！

也就是說，他們一直尋找的心法下卷，其實早在方悅兒手中好一段日子了……

宛清茹與宛清芸有著一種她們姊妹才看得懂的密語，而宛清芸曾把這密語教導給了梅煜。

天知道當玄天門眾人看著梅煜討要這本遊記，接著輕輕鬆鬆便把遊記解讀成泫冰心法的祕笈時有多震驚！

過了好一會兒，段雲飛這才終於有了些真實感，高興地緊握方悅兒雙手：「丫頭，我可以長長久久地陪著妳了！」

隨即他又想到，不久前自己因功法的問題一直猶豫著該不該與方悅兒共度一生，反而是少女面對感情時勇往直前，勇敢地維持兩人關係。

想到少女堅持要與自己在一起的模樣，段雲飛心頭一熱，於是一句略微唐突的話便脫口而出：「丫頭，既然沒有了後顧之憂，我們可以成親了！」

話說出口後，段雲飛便感到不妥，果然立即引來堂主們的怒目而視。

「不行！門主大人還小！」雲卓生氣地說道。雖然十六歲已經可以出嫁了，然而一想到他們看著長大、嬌滴滴的門主大人要便宜了段雲飛這個臭小子，心裡便覺得很不爽，鐵了心要多留方悅兒兩年。

段雲飛不好意思地搔了搔臉，心想堂主們的反應也太誇張了。不以成親爲前提的交往是耍流氓，他爲人不是一向君子嗎……

幸好堂主們不知道段雲飛心裡所想，不然只怕要氣得吐血了！

偏偏方悅兒還一臉失望的模樣：「喔！還要等嗎？不能立即成親嗎？」

堂主們一臉無奈，四名侍女則很想笑。

門主大人這麼恨嫁，也許留不到她兩年就嫁掉了。

不過方悅兒只失望了一會兒，很快又恢復回來：「不過沒關係，反正不管成不成親，阿飛也已是玄天門的人，會跟著我回家的，對吧？」

聽到方悅兒的話，段雲飛不禁愣了愣。

從來，他對於「家」這個概念一直很模糊。

從小段雲飛便被告知自己並非林家人，只是寄住在林家的孩子。雖然林家的人都對他不錯，可他難免有寄人籬下的感覺。

後來得知自己是林易光的兒子，段雲飛卻一點都不覺得高興，反而感受到被父母欺騙與遺棄的悲傷憤怒。

被蘇志強打傷後，修練了泫冰心法的段雲飛離家出走。之所以走得如此乾脆，正是因爲他從不覺得生養他的林家是自己的家。

後來很長一段時間，段雲飛都在江湖飄蕩。即使像玄天門、魔教這些他曾停留過的地方，對段雲飛來說也只是個暫居之所，自己終究是孤身一人。

可現在，方悅兒卻邀請他一起回家。

段雲飛也曾在玄天門居住過一段時日，那時只覺得是個舒心的地方，卻也未因此對那裡有太大的情感。

可現在，他忽然有些迫不及待地想與方悅兒一起回去玄天門了。

如無意外，那裡應該將會成爲他的歸宿。

一個有著專屬於他的位子、有家人的存在，有人會等著他回去……如此溫暖的地方。

江湖之大，他終於找到一個能安心停留的容身之處了。

段雲飛牽著方悅兒的手，露出了燦爛的笑容：「嗯！我們一起回家去！」

《門主很忙》全書完

後記

《門主很忙》終於來到了尾聲，感謝大家對這本小說的支持！（撒花）

又一個系列完結了，每次寫到結局時，都是既高興又不捨呢。

別人都說萬事起頭難，頭過身就過（？）。不過我卻覺得相較於開始，故事每到結局的時候是最難寫的。

畢竟故事從第一集出版至今已有一段時間，到了完結篇總是擔心會有伏線遺忘了沒有交代清楚，又怕無法令故事完滿結束會讓大家感到失望。

因此每次完成一個系列，都會覺得鬆一口氣，覺得自己彷彿完成了一件很重大的事情。

也希望大家會喜歡《門主很忙》這個系列，以及裡面各個可愛的角色喔！

接下來會嚴重劇透，未看小說的各位請先翻回前面看內文。

故事來到結局時總要放一下大招，終於可以把梅煜的事向大家好好交代了呢。

梅煜在故事中其實不算是一個出場率很高的角色，只是他的存在卻非常重要。他在背後推動了很多事情的發展，可以說要是沒有他，也許《門主很忙》這個故事便會變成另一個完全不同的模樣了。

梅煜的出身是可悲的，童年也過得很不幸福。要評價梅煜這個角色到底是好人還是壞人有些困難，他的心裡有仇恨也有野心，不算是一個好人。但他的心裡也有著自己的底線與善良，也算不上是個壞人。

其實所有人都是這樣的吧？世上不是只有黑與白，就個人而言我是滿喜歡梅煜這個角色的，不知道大家最喜歡《門主》中的哪個角色呢？

說起來，還有讀者在臉書提及，一開始看《門主》的時候，以為梅煜是男主角！

另外也有讀者說因為林靖在故事開始時幫了小悅兒，因此還誤以為林靖才是男主……大家別這樣呀！阿飛都要被氣死了！段大魔王生氣的時候好可怕XD

再一次感謝大家與《門主很忙》這套小說共度了一年多的快樂時光，接下來的新系列已在籌備中。

新系列會寫快穿文，主角是女生。

這是一個女主會穿越不同的世界虐虐渣、談談戀愛，一不小心便走上人生巔峰的故事。

第一次挑戰快穿的故事，我有很多世界的背景都好想寫喔！

另外新故事的女主是個較爲強勢獨立的大美人，我很少寫這種類型的女生，對我來說也是個有趣的挑戰呢！

新故事延續我一貫的作風，也是以輕鬆愉快爲主。雖然中間會有些波折，可是不虐不糾結，喜歡輕鬆看故事的各位讀者朋友不要錯過喔！

那麼，我們在新系列再見囉！請大家繼續多多支持！（鞠躬）

香草

門主很忙

國家圖書館出版品預行編目資料

門主很忙.卷六 / 香草 著.
——初版. ——台北市：魔豆文化出版：蓋亞文化發行，2018.05
面； 公分.（Fresh；FS154）
ISBN 978-986-95738-6-3（平裝）
857.7 107005537

fresh FS154

門主很忙 卷六〔完〕

作　　者　香草
插　　畫　天藍
封面設計　克里斯
責任編輯　劉瑄　主編　黃致雲
總 編 輯　沈育如
發 行 人　陳常智
出 版 社　魔豆文化有限公司
發　　行　蓋亞文化有限公司
地址：台北市103赤峰街41巷7號1樓
電話：02-2558-5438　傳真：02-2558-5439
電子信箱：gaea@gaeabooks.com.tw
投稿信箱：editor@gaeabooks.com.tw
郵撥帳號 19769541　戶名：蓋亞文化有限公司
法律顧問　宇達經貿法律事務所
總 經 銷　聯合發行股份有限公司
地址：新北市新店區寶橋路二三五巷六弄六號二樓
電話：02-2917-8022　傳真：02-2915-6275
港澳地區　一代匯集
地址：九龍旺角塘尾道64號龍駒企業大廈10樓B&D室
電話：+852-2783-8102　傳真：+852-2396-0050
初版三刷　2018年8月
定　　價　新台幣 180 元
Published and printed in Taiwan

ISBN 978-986-95738-6-3

魔豆